Conflicto de intereses

Margaret Allison

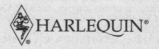

HARLEQUIN®

Editado por HARLEQUIN IBÉRICA, S.A.
Hermosilla, 21
28001 Madrid

CONFLICTO DE INTERESES, Nº 1365 - 9.3.05
Título original: Principles and Pleasures
Publicada originalmente por Silhouette® Books.

I.S.B.N.: 84-671-2394-X
Depósito legal: B-4127-2005
Editor responsable: Luis Pugni
Composición: M.T. Color & Diseño, S.L.
C/. Colquide, 6 portal 2 - 3º H, 28230 Las Rozas (Madrid)
Fotomecánica: PREIMPRESIÓN 2000
C/. Algorta, 33. 28019 Madrid
Impresión y encuadernación: LITOGRAFÍA ROSÉS, S.A.
C/. Energía, 11. 08850 Gavá (Barcelona)
Fecha impresion para Argentina:1.2.06
Distribuidor exclusivo para España: LOGISTA
Distribuidor para México: CODIPLYRSA
Distribuidores para Argentina: interior, BERTRAN, S.A.C. Vélez
Sársfield, 1950. Cap. Fed./ Buenos Aires y Gran Buenos Aires,
VACCARO SÁNCHEZ y Cía, S.A.
Distribuidor para Chile: DISTRIBUIDORA ALFA, S.A.

Capítulo Uno

Hasta que vio a Josh Adams, Meredith pensó que aquel año su madre había conseguido posiblemente su mejor fiesta de Navidad. Intrincadas esculturas en hielo decoraban el impresionante vestíbulo de la mansión familiar y cientos de velas colocadas estratégicamente, a lo largo de las sinuosas escaleras y en mesas cubiertas con manteles de hilo, iluminaban la enorme estancia. Se habían retirado los muebles para dejar sitio a los abetos naturales adornados con diminutas luces doradas y carámbanos de cristal. Y, como era de esperar, allí estaba toda la alta sociedad de Aspen bailando, bebiendo champán y comiendo caviar.

Meredith observaba a Josh mientras éste se movía entre los asistentes, sonriendo y estrechando manos. Hacía más de diez años que no lo veía, pero no había envejecido ni un día. Pelo castaño rizado, ojos grises y una atractiva sonrisa como de recién levantado de la cama. Era como si nunca se hubiera ido a Europa, como si colarse en la fiesta de una antigua amante con quien no había hablado en diez años fuera lo más natural del mundo.

Aunque antigua amante era un calificativo muy generoso para lo que hubo entre ellos, se recordó Meredith. Fue sólo una noche, nada más.

Pero, ¡oh, qué noche!

«Concéntrate», se dijo a sí misma. No podía dejarse distraer por enamoramientos adolescentes.

A pesar de todo, sentía curiosidad por saber qué le había hecho volver después de tanto tiempo. Josh había sido amigo de su hermana menor, Carly, y ésta no le había mencionado en años. Lo último que Meredith supo de él fue que se había trasladado a Suiza a continuar dando clases de esquí a gente de dinero.

«Ignóralo», se dijo.

Se abrió camino entre los asistentes, tratando de interpretar su papel de anfitriona. Aunque ya era bastante difícil para lo distraída que estaba, lo era aún más para alguien que prefería pasar las tardes en su despacho repasando los últimos informes financieros que asistir a un acontecimiento social. Como presidenta de Cartwright Enterprises, hasta hacía poco uno de los mayores conglomerados del país, el trabajo de Meredith no era fácil. La compañía había perdido grandes cantidades de dinero por culpa de su padrastro, un ludópata que malversó millones de dólares de la empresa antes de quitarse la vida. Las acciones cayeron drásticamente, y se llevaron con ellas la fortuna familiar.

Mientras Meredith saludaba a una mujer que apenas conocía con un beso en la mejilla, su mirada se deslizaba entre los presentes buscando a Josh. ¿Por qué estaba allí? Por lo que sabía, nadie lo había invitado. Si el nombre de Josh estuviera en la lista de invitados, se acordaría.

Claro que si Carly lo había invitado en el último momento, no se habría molestado en comentárselo a su hermana. ¿Por qué iba a hacerlo? Carly no sabía nada de su noche con Josh. Meredith nunca encontró el momento adecuado para reconocer la verdad: que se había dejado seducir por el mujeriego más famoso de la historia de Aspen.

Sabía que Carly se habría escandalizado. Al igual que todo Aspen. La empollona y niña buena enamorada del donjuán. Nadie sabía cuánto había deseado Meredith a Josh, ni cuántas fiestas había pasado escondida en lo alto de la escalera, viendo cómo Josh flirteaba con otras chicas.

Apuró la copa de champán. ¿Qué le pasaba? Después de todo, no había vuelto a verlo ni a hablar con él desde el día que hicieron el amor, diez años atrás. Poco después, él se había trasladado a vivir a Europa, donde ella le creía todavía.

Meredith se dio cuenta de que la culpa era de la fiesta. Su mente nerviosa se había acelerado y estaba mezclando todo y a todos los que alguna vez le habían hecho sentirse incómoda. Miró el reloj. Eran casi las once. Todavía tenía que aguantar varias horas más.

Meredith no recordaba la última vez que había asistido a una celebración no relacionada con el trabajo. Toda su vida se podía definir con una palabra: trabajo. Se había pasado los años en la universidad con la cabeza metida entre los libros y había merecido la pena. Tras licenciarse cum laude por la Universidad de Harvard, empezó a trabajar en la empresa familiar, con sede en Denver, Colorado. Su valía y entrega la ayudaron a ascender en el organigrama de la empresa y, a la muerte de su padrastro, ella era la candidata más clara a la Presidencia. Los accionistas la votaron presidenta de Cartwright Enterprises a los veintinueve años, y desde entonces no había parado de trabajar para salvar a la empresa de la ruina económica.

Paradójicamente, no era Meredith quien iba a salvar la compañía, sino Carly.

Carly, que tenía un puesto y un despacho en la empresa, no había aparecido por allí ni un solo día a trabajar, pero en el amor había demostrado tener un gran sentido común.

Hacía tiempo que Meredith estaba detrás de un producto llamado Durasnow, una nieve artificial que no se derretía en temperatura superiores a los cero grados, pero tenía pocas esperanzas de conseguir los derechos de explotación. A fin de cuentas, era un producto que podía revolucionar la industria del esquí. Sin embargo, el compromiso matrimonial de Carly le había dado gran ventaja ante sus competidores. De repente Meredith tenía contactos familiares, y cuando les presentó su primera oferta de compra de derechos, los Duran parecieron muy interesados. Por fin, las cosas parecían volver a su sitio.

—Meredith —dijo su madre—. ¿Has visto a Carly?

Viera Cartwright arqueó una ceja, mostrando su desagrado.

—No. ¿Por qué? ¿Qué ha hecho? —preguntó Meredith.

Aunque Carly tenía casi treinta años, su madre continuaba tratándola como a una niña. Carly tenía algo que despertaba el lado más maternal de quienes la conocían; un aspecto delicado y vulnerable que la hacía parecer incapaz de cuidar de sí misma.

—Ha venido su amigo Josh.

A Meredith se le aceleró el corazón.

–Lo recuerdas –continuó su madre–. Tu antiguo instructor de esquí.

–Sí –replicó Meredith con fingida naturalidad–. Lo sé. Lo he visto.

–¿Y quién lo ha invitado? –preguntó Viera disgustada.

–¿Qué importa?

Su madre se mordió el labio.

–Carly lo mencionó el otro día.

–¿Y? Fueron amigos durante mucho tiempo.

La voz de Viera se convirtió en un susurro.

–Me ha preguntado si cuando yo me casé no me arrepentí de nada.

–¿Arrepentirte? –susurró Meredith a su vez–. ¿A qué se refería?

–Me dijo que de lo único que se arrepentía era de no haberse acostado con Josh Adams.

Meredith contuvo el aliento. ¿Su hermana enamorada de Josh Adams?

–¡Pero si se va a casar dentro de un par de semanas!

–¿Crees que no lo sé? Acabo de encargar cinco mil dólares en orquídeas blancas.

–Pero Carly ama a Mark.

–Por supuesto. Pero Carly es Carly, y Mark está de viaje hasta el viernes.

Carly siempre había tenido a los mejores hombres de Aspen. Era una mujer voluble, que cambiaba de pareja con la misma facilidad que otras cambiaban de peinado. Pero parecía que, por fin, con Mark Duran había encontrado al hombre de sus sueños. El atractivo y serio cirujano le había conquistado el corazón y cambiado su forma de vida. Al menos eso esperaba Meredith.

–¿Dónde está? –preguntó.

–No lo sé –repuso Viera–. Y tampoco veo a Josh.

–¿Por qué habrá vuelto? –dijo Meredith, preocupada–. Lleva años viviendo en Europa.

–Sí. Menuda coincidencia –dijo su madre sarcásticamente.

–¿Qué quieres decir?

Viera suspiró.

–Espero que Carly no lo haya llamado ni haya cometido ninguna tontería.

Meredith dejó de buscar a Carly y empezó a buscar a los futuros suegros de su hermana, los invitados de honor. De no ser por ellos y la próxima compra de Durasnow, la prudente Meredith habría cancelado la carísima fiesta organizada por su madre. Pero sabía que una cancelación despertaría rumores de dificultades financieras, por lo que permitió que su madre alquilara, comprara y pagara lo mejor de lo mejor.

Ahora parecía que había sido en vano. Todo por culpa de Josh Adams.

Por una vez Meredith deseó haber contado a su hermana lo que ocurrió aquella noche en la montaña con Josh. Quizá si Carly supiera lo que hubo entre Meredith y Josh se abstendría de intentar seducirlo.

Junto a ella pasó un camarero con una bandeja de copas de champán y Meredith las contó rápidamente para sus adentros. Doce copas a diez dólares cada una, ciento veinte dólares sólo en la bandeja. Y en ese momento había al menos veinte bandejas en danza. Eso sin mencionar las bandejas de gambas, las colas de langosta en el bufé y los sofisticados postres franceses. El coste de todo era abrumador, y Meredith tuvo que dejar la copa y tomar otra, que apuró de un trago antes de dirigirse a su madre.

—¿Dónde están los Duran? —le preguntó, refiriéndose a los futuros padres políticos de su hermana.

Su madre miró hacia la galería del segundo piso. Meredith le siguió la mirada. Los Duran estaban solos, y a juzgar por la expresión de sus rostros, no parecían disfrutar mucho de la fiesta.

—Yo me ocupo de ellos —dijo Meredith, entregando a su madre la copa vacía—. Tú busca a Carly.

Meredith se abrió paso entre los invitados y, sujetándose el elegante traje de noche de satén, subió las escaleras de dos en dos.

—Wayne, Cassie —dijo, acercándose a los Duran—. Precisamente estaba comentando con los Morrow la calidad de Durasnow…

—Meredith —la interrumpió el señor Duran señalando hacia la pista de baile—. ¿Quién diablos es ése?

Meredith se volvió. Bajo la lámpara de araña que colgaba en una de las esquinas del salón estaba Carly, de pie, y junto a ella Josh, mirándola con una expresión tan encandilada como la que tenía ella.

—Oh —dijo con una risa forzada—. ¿Ese hombre? ¿El que baila con Carly? Un antiguo instructor de esquí. Crecimos con él. Es prácticamente como si fuéramos hermanos.

—Yo nunca he bailado así con mi hermana —dijo Wayne.

—Ja ja —Meredith forzó una risita, tratando de ignorar el pánico que la invadió—. Josh vive en Europa.

—Pero en este momento está aquí, ¿no? —le espetó Wayne.

—Desde luego —dijo Meredith—. Si me disculpáis, debo ir a saludarlo.

¿Cómo podía Carly hacerle eso? ¿Cómo podía hacérselo a sí misma? Si Mark se enteraba de cómo estaba bailando con el famoso playboy...

Meredith respiró hondo. Estaban bailando, nada más.

Carly se inclinó ligeramente hacia delante y besó a Josh en el cuello.

Meredith recorrió la distancia que la separaba de ellos casi corriendo.

—¡Carly! —exclamó, casi saltando entre ellos—. Estás aquí. Tus futuros suegros están buscándote.

Meredith centró toda su atención en su hermana, sin prestar atención a Josh. No podía mirarlo sin arriesgarse a descubrirse.

«Ignóralo», se dijo.

—Estoy ocupada —dijo Carly, arrastrando las palabras, muestra inequívoca de que había estado disfrutando generosamente del champán.

Aquello no auguraba nada bueno.

—Hola, Meredith.

Al escuchar la voz de Josh, Meredith sintió un escalofrío en la columna vertebral y tuvo que recordarse que ya no sentía nada por el hombre con quien había perdido la virginidad. Había sido un enamoramiento infantil, nada más, y ya lo había superado.

—Hola, Josh —logró responder ella, mirándolo con nerviosa indiferencia.

De repente le entraron ganas de reír, como cuando estaba en el instituto. Ella era la empo-

10

llona que estaba hablando con el chico más solicitado de Aspen.

Meredith miró hacia la galería. Los Duran los observaban. Cassie Duran susurró algo al oído de su esposo, mientras sacudía la cabeza en gesto de desagrado.

–Carly –dijo Meredith–. Tengo que hablar contigo.

–Estoy ocupada –dijo Carly.

–Me temo que debo insistir –dijo Meredith, tomando a su hermana del brazo, a la vez que trataba de sonreír a Josh con naturalidad–. Me alegro de volver a verte, Josh.

–Espérame en el cenador dentro de diez minutos –le dijo Carly a Josh.

Después se volvió hacia su hermana y recuperó su brazo.

–¿Qué es eso tan importante que no puede esperar?

–Arriba – dijo Meredith.

Viera las esperaba en el rellano y las hizo entrar en la biblioteca del segundo piso.

La madre cerró la puerta de un portazo.

–¿Qué estás haciendo? –preguntó a su hija menor en tono acusador–. El otro día, cuando mencionaste a Josh, no pensé que fuera en serio. Ni se me pasó por la cabeza que pudieras quedar con él mientras tu prometido está de viaje.

–Tranquila, mamá, no ha sido nada de eso.

–¿Qué quieres decir? –preguntó Meredith.

–Que Josh se ha presentado de repente. ¿No es extraño?

Carly se echó hacia atrás en la silla, sonriendo con satisfacción.

–¿Has bebido? –preguntó Meredith, consciente de que su hermana rara vez probaba el alcohol.

–Un poco de champán –dijo Carly, chasqueando los dedos.

–Carly –dijo su madre–. Piensa en Mark. ¿Qué pensará cuando sus padres le digan que has estado coqueteando con otro hombre?

–No es cualquier hombre. Es Josh –explicó Carly clavando una inocente mirada en Meredith–. Meredith, díselo, dile lo especial que es Josh.

–¿Yo? –Meredith se atragantó–. ¿Qué te hace pensar que yo…?

–De todos modos da igual –dijo Carly, en tono de niña mimada–. Esto es sólo asunto mío

–Ahí te equivocas –le dijo Viera–. Si no te casas con Mark…

–Perderemos el maravilloso contrato de Durasnow –dijo Carly–. Tranquila, voy a casarme con él. Pero antes tengo que echar una canita al aire.

–¡Carly! –exclamó Viera escandalizada.

Meredith y Viera intercambiaron una mirada de preocupación. Meredith contuvo la respiración. Era horrible. ¿Su hermana iba a tontear ahora con Josh? ¿El hombre con quien había perdido la virginidad? ¿El único con quien se había acostado?

Tenía que contarle la verdad a su hermana. Confesar su breve relación con Josh. Pero lo cierto era que… ¿qué importaba? Había ocurrido hacía mucho tiempo y seguramente Josh ni siquiera se acordara.

–Lo que yo haga no es asun… –Carly se puso en pie–. No es asunto…

Se llevó la mano a la boca y tragó.

–¿Carly? –preguntó Meredith –. ¿Te encuentras bien?

Con una mano en la boca y la otra en el estómago, Carly salió corriendo hacia el cuarto de baño.

–Esto es terrible dijo Viera–. Todo su futuro. Arruinado. Es la maldición. La maldición de las mujeres Cartwright.

Meredith sabía perfectamente a qué se refería su madre. A las mujeres Cartwright lo que peor se les daba era elegir marido. Meredith y Carly solían bromear sobre los hombres de la familia. Su bisabuelo había muerto en brazos de otra mujer, al igual que su abuelo. El primer esposo de Viera, y padre de Meredith, también era un conocido donjuán, que murió de un infarto como su padre y su abuelo mientras hacía el amor con una mujer que no era su esposa. El segundo marido de Viera, el padre de Carly, no era un donjuán sino un ladrón. Desfalcó millones de dólares de la empresa de su esposa y, cuando el consejo de administración descubrió lo que había estado haciendo, se suicidó.

–Quiere a Mark. Se casará con él –dijo Meredith.

No soportaba la idea de que Carly pudiera perder a Mark. Su hermana había elegido a un hombre que no se parecía en nada a los demás hombres de la familia. Mark Duran era un hombre cariñoso, atento y estaba locamente enamorado de ella.

–Cuidado –dijo su madre–, hablas como una romántica. Al menos tú eres más pragmática. Nunca tendré que preocuparme por ti.

–¿Por qué no? –dijo Meredith.

–Porque no eres como tu hermana, que le entrega su corazón casi al primero que pasa.

–¿Quieres decir que no tienes que preocuparte de mí porque no tengo novio?

–Nunca lo has tenido. No es que crea que hay nada de malo en eso –añadió su madre–. Tú prefieres estar sola a salir con uno de esos solteros disponibles que han expresado su interés.

–¿Qué solteros disponibles? –preguntó Meredith.

Era cierto que nunca había tenido novio, pero tampoco evitaba a los hombres. De vez en cuando salía con alguien.

–Frank, por ejemplo –dijo Viera, mencionando a un dentista con quien Meredith había cenado en varias ocasiones.

–Frank no me interesa. No es mi tipo.

–¿Lo ves?

–No quiero salir con cualquiera. Además, estoy ocupada. Tengo muchas responsabilidades.

–Por supuesto, querida.

Pero Meredith supo por el tono de voz que su madre no lo entendía.

–Soy la presidenta de una gran empresa –continuó Meredith.

–Eres inteligente, Meredith –dijo su madre–. La mayoría de las mujeres de tu edad van locas todo el día, ocupándose de sus maridos, de sus hijos, de sus casas.. Tú sólo tienes que ocuparte de ti.

–Sí –dijo Meredith, no muy convencida.

–Sobre todo ahora en Navidad –continuó Viera–. Las mujeres de tu edad están ocupadas con fiestas y regalos, pero tú no tienes que pensar en nada de eso. Estoy segura de que pasarás el día de Navidad en tu despacho, trabajando como siempre.

Carly abrió la puerta del cuarto de baño. Caminó hasta el sofá y se tumbó.

—Me encuentro fatal —dijo.

—Demasiado champán y demasiados hombres —dijo su madre.

—Ahora que me acuerdo —dijo Carly llevándose la mano a la frente—. Josh está esperándome en el cenador. Dile que no puedo ir, pero que lo veré mañana.

—¿Yo? —preguntó Meredith.

No quería encontrarse a solas con Josh. ¿Y si mencionaba la noche que pasaron juntos?

—Será mejor que vayas tú —le dijo a su madre.

—Ni lo sueñes —dijo Viera—. Yo voy a buscar a los Duran para calmar un poco la situación. Además, por mí como si se queda allí toda la noche. A ver si se congela.

—¡Mamá! —dijo Carly—. Por favor, no habléis más. Me da vueltas la cabeza.

Sujetó la mano de Meredith y le imploró con los ojos:

—¿Se lo dirás?

Meredith miró a su hermana. Siempre le costaba mucho negarle nada y esta vez no fue una excepción.

—Está bien.

Meredith respiró hondo y se dirigió a la puerta. Por el rabillo del ojo le pareció que su hermana movía los labios, como diciéndole algo a su madre, pero cuando se volvió hacia ellas, su madre la miraba con el ceño fruncido y Carly tenía los ojos cerrados

—Venga, ve —dijo su madre—, y vuelve enseguida.

Meredith salió de la biblioteca con un nudo en la garganta. El resumen que su madre había hecho de su vida le había dolido profundamente, aunque sabía que Viera no quería ser cruel. Además, era la verdad. Meredith no tenía vida social, y al paso que iba no la tendría jamás. Mientras Carly siempre había tenido muchos hombres para elegir, Meredith nunca había tenido ninguno.

Pero su madre se equivocaba al pensar que a ella le gustaba. No fue por elección propia que nunca nadie la invitara a bailar. En sus años en la universidad trató de ser un poco más como su hermana, y así fue como había terminado con Josh.

Meredith se sonrojó al recordar cómo había sucedido. Desde que empezó en el instituto había estado loca por él. Unos años mayor que ella, Josh era un excelente profesor de esquí y salía con las hijas de la alta sociedad de Aspen, chicas como Carly, guapas y encantadoras. Meredith, por el contrario, era alta y desgarbada, con el pelo y los ojos castaños y gafas. Era el tipo de chica que los chicos elegían como compañera de estudios, no para llevar a bailar.

Meredith fue a la universidad en la Costa Este, lejos de Colorado, esperando poder olvidar a Josh. Pero su vida social tampoco mejoró. Sus amigas, que no sabían hablar más que de hombres y de sexo, la apodaron «la virgen».

—Es como arrojarte en una piscina de agua helada —le explicó una de ellas—. Al principio es un poco raro, pero después te acostumbras.

—Hazlo —le aconsejó otra—. No seas tan exigente. Los hombres van a empezar a pensar que te pasa algo raro.

Pero Meredith quería que la primera vez fuera perfecta. Quería que su primer amante fuera cariñoso y considerado, experto y seguro de sí mismo.

Por fin, cuando llegó al último año en la universidad, Meredith estaba cansada de esperar. Si quería perder la virginidad tenía que pasar a la acción. Pero sólo había un hombre con quien deseaba hacer el amor.

Josh.

Pasó meses planeando cómo seducirlo. Intentó metamorfosearse en una mujer capaz de despertar el interés de Josh. Se puso lentillas, adelgazó y pidió consejo profesional para mejorar su imagen. Además, ideó un plan. Durante el puente de Acción de Gracias contrataría a Josh para ir a esquiar a Bear Mountain. Era una excursión de un día, pero ella sabía de la existencia de una cabaña bien abastecida de provisiones para los esquiadores que se perdieran en la montaña. Su plan era fingir un esguince para tener que pasar la noche en la cabaña.

Todo salió a pedir de boca.

Meredith perdió su virginidad en una romántica e inolvidable noche de pasión. Aunque fue todo lo que ella había soñado, no se sentía feliz.

De hecho, a la mañana siguiente, cuando despertó entre los fuertes brazos de Josh, empezaron a comerle los remordimientos. ¿Qué había hecho? Se había portado como alguien que no era sólo para acostarse con un hombre que jamás sería suyo. Furiosa consigo misma, prometió no volver a comprometerse por ningún otro hombre.

A partir de ese momento, dejó de intentar seducir a nadie, y dejó de preocuparse por el maquillaje o la ropa. Era quien era y punto. Una ejecutiva.

Meredith fue a la parte posterior de la casa, procurando evitar a los invitados. Agarró el abrigo blanco de plumón con el que, según su hermana, parecía un esquimal, se puso las botas de nieve y salió al jardín.

Meredith pasaba buena parte de su tiempo en Denver, donde estaban las oficinas centrales de Cartwright Enterprises, pero noches como aquélla le hacían echar de menos Aspen. Era una noche preciosa, de aire frío y limpio, con el cielo salpicado de miles de estrellas. Miró hacia el cenador, iluminado por diminutas luces blancas, y vio a Josh de pie, con las manos en los bolsillos, esperando.

Meredith tragó saliva.

«No te enrolles», se dijo para sus adentros. «Dile que Carly no puede venir y vete enseguida. No tienes que darle conversación. No tienes que quedarte a hablar con él…».

–¿Meredith? –dijo Josh sonriendo y dando un paso hacia ella–. Esto sí que es una sorpresa.

Meredith se detuvo fuera del cenador.

–Carly no puede venir –dijo.

–¿Oh?

–Está enferma. Demasiado…

Meredith se interrumpió. El motivo de la enfermedad de su hermana no era asunto de Josh.

–Gastroenteritis.

–Oh –dijo él–. Espero que no haya sido la salsa de cangrejo. Yo también he comido.

–No –dijo ella, inmóvil, con los pies pegados al suelo.

–Bien –dijo Josh–. Hace mucho que no nos vemos.

–Ya –respondió ella.

¿Ya? Era la presidenta de un conglomerado industrial. ¿Por qué se portaba como una quinceañera incapaz de balbucear una respuesta coherente?

Le pareció ver un destello en los ojos masculinos.

–¿Cómo estás, Princesa? –dijo él, con una sonrisa en los labios.

Normalmente, a Meredith la enfurecía que se dirigieran a ella con esa clase de apelativos. Nadie en su entorno se atrevía a llamarla «Princesa». Claro que tampoco nadie la llamaba «querida», ni «cielo», ni nada parecido.

–Bien –dijo, alisándose el abrigo con un gesto nervioso–. ¿Cómo te ha ido?

–Bien –respondió él–. Muy bien. ¿Y a ti?

¡Qué desastre de conversación! Meredith jamás se molestó en dominar el arte de hablar por hablar, y en ese momento se sintió la ejecutiva más torpe del mundo.

–Estupendamente, gracias.

–Estás muy guapa –dijo él.

Meredith notó el rubor que le cubrió de repente las mejillas, así que preguntó:

–¿Por qué has venido?

–Carly me invitó.

–No. Me refiero a por qué has vuelto. Tenía entendido que estabas en Europa.

Josh se sentó en el banco que rodeaba el interior del cenador.

19

–Y yo tenía entendido que tú eras la presidenta de Cartwright Enterprises.

Meredith lo miró a los ojos y se sintió inmediatamente transportada a su pasado en común. Josh volvía a ser el joven que le había acariciado tan expertamente, el hombre a quien había entregado su virginidad. La única noche compartida con él le hizo pensar que el sexo era una experiencia magnífica e inolvidable. ¡Qué equivocada estaba! Los pocos besos recibidos desde entonces habían sido torpes y desagradables.

–Sí –dijo.

Después de aquella noche, él la llamó en varias ocasiones, pero la vergüenza le impidió responder a sus llamadas. Desde antes de decidir acostarse con él, Meredith sabía que Josh Adams no era hombre de una sola mujer.

–¿Cómo te van las cosas? –preguntó él con la misma voz sensual que ella recordaba tan bien.

–Bien –respondió ella–. Muy bien.

Una mentira que todos conocían excepto Josh. Cartwright Enterprises, que había sido uno de los conglomerados industriales más influyentes del mundo, luchaba por sobrevivir. De no ser por Durasnow, Meredith estaría pensando en declarar suspensión de pagos.

–Ah, sí –dijo él, arqueando las cejas.

Meredith no supo si estaba cuestionando sus palabras o simplemente hablando por hablar.

–Así que vives en Europa –dijo ella, entrando en el cenador y acercándose un poco a él–. Suena divertido.

–Supongo –dijo él–. Aunque echo de menos a alguna gente de por aquí.

¿Carly?

–Seguro que has hecho otras amistades –dijo ella, llevándose el índice a la frente que notaba a punto de estallar–. ¿Estás casado?

–No –rió él.

–¿Es gracioso?

Él titubeó un momento, mirándola.

–La misma Meredith de siempre.

Meredith se retorció las manos.

«No hagas eso», se reprendió. «Tranquilízate».

Se soltó las manos, y las dejó colgando tensamente a ambos lados de su cuerpo.

Josh sonrió de nuevo.

– ¿Y tú?

Ella negó con la cabeza.

«Manos a los lados, manos a los lados», se repitió.

¿Por qué seguía mirándola así? Se aclaró la garganta.

–Había oído que trabajabas en una estación de esquí en Suiza.

–Más o menos –dijo él.

Más o menos. Claro, no le creía capaz de mantener un trabajo normal. Lo conocía. Seguro que aún seguía con el mismo horario que tenía en Colorado, ahorrando todas sus energías para sus conquistas. Sólo que ahora probablemente él las doblaba en edad.

–Me halaga que sigas informada sobre mí.

–Se lo habré oído mencionar a Carly.

Josh indicó el banco con la cabeza.

–Siéntate –dijo–. Me gustaría hablar contigo.

Pero ella no se movió. Estaba cansada de andarse por las ramas.

21

–No me has dicho qué te ha traído de nuevo por Aspen.

–Negocios.

¿Qué clase de negocios podía tener un instructor de esquí? Al menos no significaba que había vuelto por Carly. De hecho, la idea de que Josh hubiera vuelto para declarar su amor por Carly era ridícula. Carly y él habían sido amigos, nada más.

–¿Meredith?

Josh la observaba con curiosidad.

–¿Te encuentras bien?

Ella sintió ganas de reír. Josh también reiría si supiera las sospechas de su madre.

–Esto te parecerá ridículo, pero por un momento pensé que tu vuelta podía tener algo que ver con Carly.

Josh no sonreía.

–Y así es.

Meredith sintió un nudo en la garganta. No eran celos, se dijo rápidamente. No podía estar celosa de que Josh hubiera vuelto por su hermana y no por ella. Después de todo, Carly y él eran amigos. Ella y Josh eran… la verdad, no eran nada.

–Se va a casar –le dijo.

–Sí –dijo él–. Lo sé.

La expresión del rostro masculino se ensombreció. Josh la miró directamente a los ojos, como retándola.

–Quería…

Pero Meredith no le dejó terminar. Interpretó su reacción como una confirmación de sus peores temores.

–Déjala en paz –le espetó.

–¿Qué?

—Mi hermana es feliz. Sólo vas a confundirla.

—No sé de qué estás hablando.

Josh se levantó y se dirigió hacia ella.

—Yo creo que sí lo sabes —repuso ella sin desviar la mirada.

Vio cómo los músculos de la mandíbula masculina se tensaban. Sabía que lo estaba enfureciendo, pero no le importó. Dio un paso atrás.

—¿Qué quieres? ¿Dinero?

—¿Eso es lo que crees? —dijo él, acercándose un paso más hacia ella.

Tan cerca que casi la tocaba.

—Porque ya no es la heredera que fue. De hecho, si no se casa, es probable que se quede sin un centavo.

—Entiendo —dijo él.

Meredith ya no era la quinceañera tímida e inexperta. Volvía a ser la presidenta de Cartwright Enterprises y no iba a permitir que un playboy arruinara su futuro.

—Así que nos entendemos, ¿no?

—Te entiendo perfectamente, sí. Estás diciendo que Carly tiene que casarse para salvarte el trasero.

—¿Qué has dicho?

Josh miró hacia la casa.

—Me conmueve lo mucho que te preocupa la felicidad de tu hermana.

—Carly ama a Mark.

—¿Entonces por qué te preocupa? Seguro que tiene unos minutos para un viejo amigo.

—Porque Carly es… es Carly, y puede que Mark no sea tan comprensivo.

—¿Por qué? ¿Crees que no deberían casarse?

–Te lo pido como… amigo. Por favor, vete.

–Lo siento, Meredith. Como amigo –añadió él, como si el término le resultara desagradable–, no puedo hacerlo.

¿Ése era el hombre con quien había soñado? ¿Con quién había comparado a todos los demás?

–Yo también lo siento –dijo ella y, girando sobre sus talones, empezó a alejarse.

–Meredith –dijo Josh.

Ella se detuvo. Pero no se volvió.

–Por favor, dile a Carly que la veré mañana.

Meredith se quedó inmóvil un momento y después volvió caminando lentamente a la casa, con la cabeza muy erguida.

¿Cómo se atrevía?

Josh se sentó en el banco. Necesitaba unos segundos para calmarse. Conocía los rumores. Meredith Cartwright estaba tan desesperada por salvar la empresa que había vendido a su hermana menor. Y por lo visto eran ciertos. Meredith quería que Carly contrajera matrimonio con Mark Duran para poder hacerse con Durasnow.

Y pensaba que él, Josh, podía entrometerse en sus planes. Tenía razón, desde luego. Pero él no había vuelto para robarle a Carly, sino por algo mucho peor.

Había vuelto por Durasnow.

Hacía años que quería hacerse con la nieve artificial creada por los Duran; él había sido el primero en expresar su interés. Pero tras el compromiso matrimonial de Carly y Mark, los Duran lo habían informado de que se sentían obligados a aceptar las ofertas de Cartwright Enterprises. Claro que cuando Josh leyó en la prensa que los planes de Meredith eran comprar los derechos de Durasnow, supo que los Duran no estaban siendo del todo sinceros con ella. Estaba claro como el agua: los Duran querían enfrentar a Josh y a Meredith para aumentar el precio del producto. Al final, los dos saldrían perdiendo, y por eso Josh había vuelto, para negociar un acuerdo con Meredith. Quizá incluso unir fuerzas y comprar Durasnow juntos.

En parte Meredith tenía razón. Josh había ido a su casa para ver a Carly. Después de todo, con Meredith no había hablado desde su noche juntos, a pesar de que después la llamó varias veces sin conseguir que ella se pusiera jamás al teléfono ni devolviera sus llamadas. Meredith era una mujer famosa por su independencia y Josh había albergado la esperanza de que Carly actuara de intermediaria entre Cartwright Enterprises y Europrize.

Era evidente que Meredith no tenía ni idea de quién era y que aún le creía el mismo donjuán que dejó Aspen años atrás.

El recuerdo de su antigua forma de vida le hizo sonreír. ¡Cómo habían cambiado las cosas!

No fue una transición fácil. Poco después de su noche con Meredith murió su tía quien, sorprendentemente para una camarera sin demasiados ingresos, había logrado ahorrar cincuenta mil dólares. Las instrucciones que acompañaban el testamento eran muy sencillas: *Haz que me sienta orgullosa.* Sus amigos lo animaron a viajar, a seguir con el mismo ritmo de vida que había llevado hasta entonces, pero él no tenía la menor intención de derrochar frívolamente el dinero que su tía había ahorrado con tanto esfuerzo y sacrificio.

Su tía le ofrecía una nueva oportunidad, la oportunidad de rehacer su vida, y prefería no tener nada que le recordara el niño que había sido.

No porque su infancia hubiera sido mala. Sin la experiencia vivida jamás habría pensado en montar su propio negocio. Sus amigos quedaron boquiabiertos al ver cómo había sido capaz de convertir lo que había aprendido en su vida anterior y convertirlo en un negocio multimillonario que le había convertido en uno de los hombres más ricos de Europa.

Su empresa, Europrize, había creado varios videojuegos interactivos que después vendió a una importante empresa tecnológica, lo que le dejó dinero de sobra para hacerse hasta con la mayor fortuna de Aspen. Pero no había hecho más que empezar. Su última iniciativa empresarial, comprar y renovar complejos de esquí, ya estaba dándole pingües beneficios, aunque limitados por la estacionalidad del sector. Si lograra alargar la temporada invernal dos o tres meses al año, conseguiría un nuevo boom económico.

Y por eso quería Durasnow. Hacía un tiempo que estaba interesado en el producto, y los Duran también parecían interesados en venderle los derechos de explotación. Pero Wayne Duran le recordaba demasiado a muchos hombres que había conocido en Aspen, aparentemente amables y sinceros, pero en realidad unos hipócritas. Aunque le habían prometido los derechos, no tenía nada por escrito, y su sorpresa fue mayúscula al leer en la prensa que había un gran conglomerado estadounidense que estaba muy interesado en hacerse con ellos.

Más sorprendido se quedó al saber que el conglomerado era Cartwright Enterprises, propiedad de una familia que conocía desde hacía años. Carly y él eran buenos amigos, aunque habían perdido el contacto con los años, y con Meredith no había hablado desde su noche juntos.

Al pensar en ella apretó los dedos en el borde del banco. Meredith no era como las otras mujeres de Aspen. Callada e intelectual, tenía una forma de dirigirse a la gente bastante desagradable, como una reina hablando a simples plebeyos. Su actitud le había ganado el apelativo de «Princesa» entre sus amigos, en realidad la abreviatura de «Princesa de Hielo». No es que fuera una esnob en el sentido tradicional que se creyera superior al resto del mundo por su dinero. En absoluto. A Meredith, con sus agujeros en las medias y su nula preocupación por la moda, no le importaba el dinero. Era una esnob intelectual.

Siempre había sido la persona más inteligente de la reunión, y lo sabía. Sin embargo, había algo en ella que a Josh lo atraía. Más tarde se dio cuenta de que en algunos aspectos se identificaba con ella. Meredith sufrió la pérdida de su padre siendo muy joven, y su relación con el hombre que ocupó el lugar de su padre en el corazón de su madre y en su familia no fue buena. El pasado familiar de Josh no era muy distinto. Su madre murió siendo él muy niño, y su padre se casó con una joven recién salida del instituto cuando él apenas tenía once años. Tampoco se llevaba bien con su madrastra. Más tarde su padre se divorció de ella y se casó con otra, peor aún que la segunda. La situación empeoró tanto que Josh se fue a vivir con la hermana de su madre.

Aunque le gustaba vivir con ella, nunca había sido como una madre. En una ciudad donde el dinero y la familia determinaban el éxito de las personas, Josh no había tenido ninguna de las dos cosas. Quizá no pareciera tan marginado como Meredith, pero por dentro se sentía exactamente igual.

Una noche en una fiesta la encontró encerrada en la biblioteca, totalmente concentrada en un libro. Se había quitado las gafas y se había soltado la melena larga y rizada, normalmente recogida en una coleta. En ese momento, Josh pensó que era la mujer más hermosa del mundo.

Ella alzó los ojos y le sonrió, cosa rara en Meredith. Animado, empezó a hablar con ella. Fue como si se tratara de otra persona. Estuvieron hablando durante horas de todo, desde Thoreau hasta el estado de las pistas de esquí. Josh sintió una conexión especial entre ambos.

Pero sus amigos lo llamaron y, aunque ella prometió esperarlo, cuando volvió a la biblioteca ella ya se había ido. Después no podía pensar en otra cosa: la emoción, las ganas que tenía de volverla a ver. Al día siguiente llegó temprano al hotel, consciente de que Meredith iba a ser su alumna en el descenso de Lost Mountain. Pero su emoción fue en vano. Cuando Meredith llegó, con el cuerpo cubierto por muchas capas de ropa y los ojos ocultos de nuevo tras unas gruesas gafas graduadas de sol, se comportó como si nada hubiera cambiado. La magia que los había envuelto la noche anterior se había evaporado. Era evidente que no tenía ningún interés en él.

Josh trató de apartarla de su mente, y en la medida de lo posible lo consiguió. Siempre que alguien mencionaba su nombre, no podía dejar de preguntarse qué hubiera podido haber entre ellos, pero nada más. Su vida continuó como siempre.

Durante los cinco años siguientes, apenas la vio, hasta un fin de semana de Acción de Gracias cuando Meredith volvió de su carísima universidad privada en la Costa Este con aspecto de haberse enrolado en una escuela de modelos. Sus amigos, que nunca habían reparado especialmente en ella, empezaron a mostrar un claro interés. Pero Meredith tenía sus ojos puestos en él.

Lo contrató para una clase particular de esquí en Bear Mountain, uno de los descensos más difíciles de Aspen. Accesible sólo en helicóptero, estaba en una propiedad privada y sus propietarios, conscientes de las dificultades que entrañaba, siempre tenían el refugio preparado con leña y comida para quienes pudieran necesitarlo.

No era la primera vez que Josh daba una clase particular a Meredith, pero sí la primera que necesitaba de saco de dormir. Y aunque se había encontrado muchas veces en situaciones comprometidas con otras alumnas, no pudo ni sospechar las verdaderas intenciones de Meredith.

Ni siquiera cuando ella se torció el tobillo e insistió en ir al refugio. Aunque sabía que la lesión no era grave, Josh obedeció sin protestar y la ayudó a ir hasta allí, sujetándola por la cintura y sintiendo el cuerpo femenino apoyado en el suyo.

Tampoco sospechó nada cuando ella le pidió que esperaran un poco antes de pedir ayuda, porque para entonces ya estaba tan prendado con ella que apenas podía pensar.

Sentado frente a ella en la cabaña, estaba totalmente cohibido. Se dio cuenta de que no tenía nada que decir a una mujer como Meredith, tan culta e inteligente, y por primera vez en su vida le importó.

Por suerte a Meredith no parecía importarle. Relajada y tranquila, pronto se metamorfoseó en una mujer cálida y sensual, y cuando Josh quiso darse cuenta ya era demasiado tarde para pedir ayuda. Tendrían que pasar allí la noche. Y al observarla cojeando de un lado a otro de la cabaña, Josh se dio cuenta de que había cambiado de pierna, de que el esguince era una farsa. Por el motivo que fuera, ella quería estar a solas con él tanto como él deseaba estar con ella.

Y cuando Meredith se sentó a su lado, él no lo dudó e hizo lo que había querido hacer desde aquella noche en la biblioteca. La besó.

Meredith se reveló como una amante sorprendente, apasionada, audaz y desinhibida. Tanto que, hasta que la penetró, no se le pasó por la mente que pudiera ser virgen. Josh se retiró inmediatamente, pero ella insistió y él continuó, a un ritmo más pausado.

Saber que era el único que la había tocado no hizo más que aumentar su deseo, y quiso consumirla, mantenerla para siempre a su lado. Quiso que fuera sólo suya para siempre.

Pero al romper el alba, los sentimientos que le embargaron durante la noche se convirtieron en otros más conocidos, como el deseo de estar solo, de seguir soltero y sin compromiso.

Afortunadamente el tobillo de Meredith se había curado milagrosamente. Tras una mañana tensa con conversaciones interrumpidas y entrecortadas, descendieron la montaña esquiando en silencio. Cuando se separaron en el hotel, él le hizo la misma promesa que hacía a todas sus conquistas. «Te llamaré».

Tardó varios días en hacerlo, y cuando lo hizo le irritó que ella no le devolviera la llamada. La irritación se convirtió en desesperación cuando tras varios días de intentar contactar con ella, ella lo ignoró.

La verdad era amarga e inevitable.

—Se cree demasiado buena para mí —comentó a su tía una semana después.

Su tía no se anduvo por las ramas.

—Lo es.

Por difícil que le resultara aceptarlo, Josh sabía que su tía tenía razón. ¿Cómo podía pensar en seducir a alguien como Meredith? Él, un playboy inculto y sin estudios, cuyos únicos intereses eran el esquí y las mujeres.

—Por lo menos ahora —había añadido su tía—. Pero quien sabe lo que nos puede deparar el futuro. Quizá le demuestres que estaba equivocada.

La noche con Meredith significó un punto de inflexión en su vida. Por primera vez empezó a plantearse el joven que era y el hombre que quería ser. Su tía, al morir, le proporcionó los medios que necesitaba. La voluntad siempre la había tenido.

Muchas veces había pensado en cómo sería volver a ver a Meredith. Debía admitir que, al verla aquella noche, después de tantos años, le había dejado sin aliento. La última vez que la vio aún era una jovencita, pero ahora era una mujer con aplomo, segura de sí misma y extraordinariamente hermosa. Pero, por lo que había oído, las apariencias engañan. Meredith tenía fama de ser una de las ejecutivas más implacables del país.

Tanto que estaba dispuesta a cambiar la felicidad de su hermana por un poco de nieve artificial. Aunque dudaba que Carly se dejara manipular de aquella manera, el trato seguía pareciéndole de lo más sospechoso. No se fiaba de los Duran y no tenía la menor intención de enzarzarse en una guerra secreta de ofertas con Meredith. Por experiencia previa, sabía que el precio se inflaría tanto que dejaría de reflejar el verdadero valor del producto. Pero por lo que había visto en el cenador, Meredith Cartwright no era mujer que atendiera a razones.

Así que continuaría con su plan e intentaría llegar a Meredith a través de Carly. Aunque no era tan inteligente como su hermana, era una persona astuta y enérgica, y él intentaría ganársela explicándole la verdad de la situación y pidiéndole que actuara de intermediaria con su hermana. También le dejaría claro que no tenía que casarse con Mark Duran para que Cartwright se hiciera con los derechos. Si Meredith estaba de acuerdo, las dos empresas podían compartir los derechos.

Una vez más recordó que Meredith le había ofrecido dinero para dejar a Carly en paz. ¿Qué le hacía pensar que había vuelto para seducir a una mujer con la que llevaba años sin hablar? Además,

nunca había tenido ningún interés amoroso en
Carly. Ésta siempre había sido y siempre sería, al
menos para él, una versión menos impresionante
que su hermana mayor. Además, él jamás podría
mirar a Carly sin recordar la noche que Meredith
había por fin aplacado su sed.

Se levantó y empezó a pasear por el cenador.
No volvería a la fiesta, pero lo haría al día siguiente. Meredith no podía intimidarlo ni mani-
pularlo. Quizá no se hubiera dado cuenta, pero en
Josh Adams había encontrado la horma de su za-
pato.

Capítulo Dos

La mesa del comedor medía más de diez metros de longitud, y tenía capacidad para al menos cuarenta personas. Meredith se sentaba a la cabecera, frente a su madre, y Carly en medio, justo a mitad de camino entre las dos.

A Meredith no le gustaba la mesa, ni tampoco el comedor. Demasiado ostentoso para su gusto. Pero su madre había crecido en aquel comedor y aunque ya no había criados ocupándose de la chimenea ni sacando enormes bandejas de comida, su madre insistía en desayunar cada mañana bajo la lámpara de araña de casi ochenta kilos de peso.

Meredith miró a su madre, que acababa de contarles cómo se había caído el inmenso árbol de Navidad del salón, provocando un gran alborozo y destrozando los trajes de noche de las hermanas Ritter.

—La culpa es de los que vinieron a instalarlo —dijo Viera—. Les dije que no lo estaban colocando bien, pero no me hicieron caso.

Suspiró dramáticamente y centró su atención en el periódico que tenía abierto ante sí.

—Es difícil encontrar un hombre en quien confiar.

—Hablando de hombres de confianza —la interrumpió Carly, mirando a Meredith—. Me vas a obligar a preguntar, ¿verdad?

–¿Qué quieres decir? –dijo Meredith, sorbiendo un trago de café.

–¿Qué pasó con Josh? ¿Hablaste con él?

–Sí.

–¿Y? –preguntó Viera, bajándose las gafas bifocales para poder ver mejor a Meredith.

–Y nada –respondió Meredith, bebiendo otro poco.

Carly y Viera se miraron.

–Estuviste con él mucho rato –dijo Viera–. No te vi más en toda la noche.

–No estuve con Josh. Volví a entrar y me fui a la cama.

–¿Para qué ha vuelto a Aspen? –preguntó Carly.

–No lo sé. Pero tiene algo que ver contigo.

Meredith sintió una punzada de celos.

«Ignóralos», se dijo, «y se te pasarán».

–¿Conmigo?

Meredith asintió.

–Me dijo que quería verte. Que te vería hoy.

–¿De verdad? –sonrió Carly con expresión soñadora–. Estaba guapo, ¿verdad?

–No me di cuenta –respondió rápidamente Meredith.

–Tiene algo, no sé, carisma. Como una pasión sexual.

–¿Pasión sexual? –preguntó Meredith.

–Una chispa. No sé, ese brillo en los ojos.

Meredith recordó los ojos que la habían mirado tan profundamente, unos ojos que parecían atravesarla.

–Y su olor, tan a bosque, tan viril.

Meredith recordó cómo la noche que pasó con Josh despertó para encontrarse envuelta en su olor.

Las palabras de su hermana le extrañaron. Hablaba más como una amante que como una amiga.

–Y tiene ese aplomo, esa seguridad en sí mismo...

–¿Has hablado con Mark? –la interrumpió Meredith.

–Supongo –dijo Carly.

–¿Cómo que supones? –preguntó Viera–. O has hablado con él o no.

–¿Qué más da? Ahora mismo sólo puedo pensar en Josh.

Meredith se inclinó hacia delante, segura de que lo había entendido mal.

–Tengo cuatrocientos invitados a la boda para dentro de dos semanas –continuó Viera–. Te sugiero que te olvides de Josh y empieces a pensar en tu futuro esposo.

–No puedo dejar de pensar en él –dijo Carly, desviando la mirada–. Tengo que verlo.

–¿Qué diría Mark si te oyera hablar así? –exclamó Viera.

Carly se encogió de hombros.

–Seguramente lo mismo que estoy pensando yo. Si tanto me tienta otro hombre, quizá no deberíamos casarnos.

–¡Eso es lo más ridículo que he oído en mi vida! –exclamó Viera incrédula.

–Madre –empezó Meredith, tratando de calmarla.

–Si no lo haces por mí, hazlo por tu hermana. ¿Qué pasará con el trato con los Duran si rompes el compromiso con su hijo? –continuó Viera mirando a Carly–. Tu hermana perderá su puesto en la compañía.

–Tienes razón, madre. No sé qué me pasa –dijo Carly.

Con Josh en Aspen o no, Meredith no podía creer que Carly estuviera dispuesta a poner en peligro su relación con Mark. Los dos parecían muy felices juntos. Meredith había deseado muchas veces encontrar a alguien que la quisiera tanto como Mark quería a Carly.

–Es la maldición –exclamó Carly, cubriéndose la cara con las manos–. Por fin encuentro a un hombre que quiero y que me quiere y lo voy a estropear todo por culpa de Josh.

Carly clavó sus bonitos ojos azules en su hermana y añadió:

–Eres la única que pude ayudarme.

–¿Yo? –preguntó Meredith–. ¿Qué puedo hacer yo?

–Mantenlo alejado de mí.

–Yo no puedo –dijo Meredith recordando la oferta que hizo la noche anterior a Josh para que se alejara de su hermana–. Si no quieres verlo, tendrás que decírselo tú.

–Me temo que si lo veo... si estoy a solas con él...

–¿Continuarás por donde lo dejaste? –terminó Viera.

Meredith contuvo la respiración, esperando la respuesta de su hermana. Siempre había asumido que entre Josh y su hermana no había habido nada más que amistad, pero, ¿y si no era así?

–¿Dejarlo? –repitió Carly, perpleja –. Nunca he salido con él. Sólo éramos amigos. He salido con algunos canallas, pero Josh era demasiado para mí. Muchas amigas mías terminaron destrozadas por él.

Meredith exhaló. Al menos Carly no se había acostado con él.

–¿Y eres incapaz de estar a solas con él? –preguntó Viera casi sin voz.

–Distráelo, Meredith. Sólo hasta que vuelva Mark.

–¿Qué? ¿Cómo?

–Contrátalo para una clase de esquí. Dile que te lleve a Bear Mountain. Es una excursión de un día, y para cuando regreséis, seguramente Mark ya estará aquí, y yo estaré a salvo.

–Más te vale –le espetó su madre–. Tenemos quinientas personas con invitaciones y regalos esperando una boda.

Meredith arqueó una ceja.

–Hace un momento eran cuatrocientas.

–Siguen llegando cartas de confirmación a cada momento –dijo Viera a la defensiva–. Es el acontecimiento de la temporada.

–No sé –dijo Meredith, moviendo la cabeza–. Si Carly no tiene claro lo de su matrimonio…

Quizá no debería casarse. Por mucho que necesitara el contrato con los Duran, no soportaba la idea de ver a su hermana en un matrimonio de conveniencia.

–Quizá Mark… –empezó Meredith. Miró a su hermana–. Quizá Mark no sea el hombre de tu vida.

–Claro que lo es –dijo Carly–. Sólo necesito un poco de ayuda para evitar la maldición.

En ese momento sonó el timbre de la puerta principal y Carly corrió a la ventana a ver quién era. Después volvió de nuevo junto a su hermana y la sujetó del brazo.

–Es Josh –dijo–. Dile que te lleve a Bear Mountain o donde sea. Por favor.

Pero Meredith no podía soportar la idea de volver a ver a Josh, y mucho menos invitarlo a ir de excursión.

–Tengo trabajo –dijo–. Se supone que hoy tengo que estar en Nueva York.

–Si a tu hermana la ven con Josh –añadió Viera–, es posible que no tengas trabajo de qué preocuparte.

–Sólo un día o dos –insistió Carly–. Hasta que vuelva Mark. Un día, Meredith. ¿Por favor?

–Está bien –dijo Meredith poniéndose en pie–. Un día.

Y se alejó convencida de que acababa de hacer un trato con el diablo. De aquello no podía salir nada bueno. Nada bueno.

Josh estaba de espaldas a la puerta principal de los Cartwright, admirando la vista de las montañas. A veces echaba de menos aquellos días cuando su única obligación era esquiar.

Al oír que la puerta se abría, se volvió, esperando ver a uno de los criados de la casa, pero se encontró cara a cara con Meredith. Ésta llevaba la larga melena castaña suelta sobre los hombros e iba vestida con ropa informal, unos vaqueros y un ceñido jersey de cuello alto. Josh no pudo evitar pensar que le sentaba como una segunda piel.

Una sensación de calor lo embargó. La estudiante torpe y desgarbada que él conocía se había convertido en un precioso cisne que ahora lo miraba y saludaba con un movimiento de cabeza.

Josh supo que lo que iba a salir de su boca sería, cuando menos, interesante.

—Por favor, pasa. Carly te está esperando.

Josh oyó a Carly jadear en la habitación contigua.

—Estoy enferma, Meredith.

—No seas ridícula —le respondió su hermana desde el vestíbulo—. Es Josh. Sólo quiere saludarte —dijo, y se volvió hacia él—. Estoy segura de que no está tan mal como para no saludar a un viejo amigo.

Carly pasó corriendo ante ellos cubriéndose la boca con las manos, y con su madre pegada a los talones.

—Me temo que Carly sigue con su gastroenteritis —dijo la señora Cartwright, deteniéndose al pie de la escalinata para ofrecer una de sus deslumbrantes sonrisas a Josh antes de añadir—: Josh, Carly no está en condiciones de recibir a un antiguo amigo. Me temo que tendrás que conformarte con Meredith. ¿Por qué no lo invitas a pasar, querida? Hay café en el comedor.

Y con esas, Viera Cartwright se dio media vuelta y ascendió muy erguida las escaleras.

—¿Qué ha sido eso? —preguntó Josh—. Puedo volver en otro momento.

Josh clavó los ojos en Meredith. ¿Era una treta para impedir que hablara con Carly sobre la empresa de su prometido?

No. Había visto a Carly con sus propios ojos. Era evidente que estaba enferma.

—Como sabes, tengo muchas ganas de verla —continuó él—. Quizá mañana. Tengo todo el día libre, así que…

40

—¿Tienes todo el día libre? —lo interrumpió Meredith.

—Todo el día.

Meredith titubeó un segundo, mirando a lo alto de las escaleras, y por fin dijo:

—Bien.

—¿Bien?

—Esperaba que estuvieras libre.

—¿Sí?

Sólo la noche anterior, parecía dispuesta a expulsarlo de la ciudad.

Una vez más, ella sonrió. Era una sonrisa tensa y ensayada, de las que se reservan para las fotografías.

—¿Por qué no entras?

—Está bien —dijo él.

—¿Puedo ofrecerte un café? Aunque debo añadir que es un poco flojo y ya se habrá enfriado.

—No, gracias.

Josh la siguió hasta el comedor, sin poder evitar que sus ojos admiraran a su vez el seductor balanceo de las caderas femeninas. Allí, Meredith lo invitó a sentarse frente a ella.

Era un comedor enorme, casi vacío, medio cavernoso, como un museo. Y ésa era la sensación de la casa en general, la de ser un lugar para ser admirado, no habitado.

Meredith sonrió. Todo el nerviosismo había desaparecido. Una vez más parecía muy segura de sí misma. ¿Y por qué no? ¿Cómo se podía sentir si no una mujer que había nacido en un castillo con el mundo a sus pies?

—Quería pedirte disculpas por lo de anoche. No estuve muy… cortés. El champán, supongo —añadió con una risa despreocupada.

Curioso, pensó Josh, pero no le había dado la impresión de que hubiera bebido. De todos modos, tampoco eso explicaba por qué lo consideraba tan peligroso para su hermana ni disculpaba el intento de ofrecerle dinero para que se fuera.

–Estaba pensando… –continuó ella, titubeando ligeramente–. Estaba pensando si aún das clases.

–¿Clases de qué? –preguntó él arqueando las cejas.

–Tenía curiosidad por saber si te interesaría darme una clase de esquí. Tengo ganas de tomarme unas vacaciones e ir a esquiar, pero hace tiempo que no me calzo los esquís.

Josh vaciló, sin saber muy bien qué responder. ¿Hablaba en serio?

–¿Quieres que te lleve a esquiar?

Ella asintió.

¿Era posible que no supiera quién era? ¿Pensaba que seguía siendo el mismo playboy y profesor de esquí que ella conocía?

–Meredith –empezó–. Yo no…

Un móvil negro sonó encima de la mesa.

–Perdona –dijo ella, descolgando el teléfono.

Josh la observaba con incredulidad. Quizá fuera una treta. Quizá ella supiera de su interés por Durasnow y aquella era la forma de obligarlo a confesar la verdad.

–Repíteme eso –oyó que Meredith decía a su interlocutor. Estaba blanca como el papel–. Creía que era nuestro. ¿Qué es eso de que aceptan otras ofertas?

Por fin las cartas estaban sobre la mesa. La noche anterior, Josh había dicho a los Duran que debían comunicar a Meredith que también estaban negociando con él. Por lo visto habían recibido el mensaje.

–Averigua quién es esa compañía fantasma. Me da igual el dinero que tengan. Durasnow será nuestro –dijo con frialdad–. Sobre mi cadáver –añadió, mientras seguía escuchando la voz al otro lado del hilo telefónico–. Qué considerados. Quiero que dejes muy clara nuestra postura. No negociaremos con nadie bajo ninguna circunstancia. Quiero ese producto y lo conseguiré –y cerró el teléfono de un golpe seco.

Así que no estaba dispuesta a negociar. Era tan testaruda como guapa, pero su arrogancia le iba a dejar sin Durasnow.

–¿Algún problema? –preguntó él.

–Nada que no pueda solucionar.

Meredith se tomó unos segundos para recuperar la compostura.

–Como te decía –continuó, centrando su atención en él una vez más–, estaba pensando que podrías llevarme a Bear Mountain mañana.

–¿A Bear Mountain? –repitió él, perplejo.

¿Qué estaba pasando?

–La tarifa estándar para una clase de esquí con los mejores profesores es de quinientos dólares. Yo te pagaré seiscientos.

–¿Seiscientos dólares? –preguntó él–. ¿Por llevarte a Bear Mountain… otra vez?

Meredith desvió la mirada.

Se acordaba, pensó Josh. Sabía perfectamente que allí fue donde hicieron el amor. ¿Por qué lo hacía? ¿Era una estrategia empresarial? ¿O su manera de disculparse por su mal comportamiento de diez años atrás? Quizá se sintiera sola. ¿Acaso pensaba que podía comprar su compañía?

–No he subido desde la última vez que me llevaste –continuó ella, mirándolo a los ojos–. Pero si no te sientes con fuerzas…

Lo cierto era que el juego de Meredith no le importaba en absoluto. Estaba preparado para cualquier cosa.

–Mañana.

Capítulo Tres

–Ahora ya no me parece tan buena idea –repitió Meredith una vez más, mientras su madre le metía algunas cosas en la mochila para la clase de esquí con Josh.

–Es la única posible. Tienes que mantener a Josh lejos de Carly. ¿Y si Mark se entera de que ha estado paseándose por toda la ciudad con un famoso playboy pocos días antes de la boda? –insistió su madre, y con una sonrisa añadió–: Hija, procura pasarlo bien. Josh es guapísimo, encantador, y está soltero.

–No es una excursión de placer –dijo Meredith. Pero por un momento su mente volvió al pasado y recordó lo que sintió cuando Josh la besó, y cómo se había inclinado hacia ella y acariciado los labios con los suyos, mientras la apretaba contra su cuerpo…

–¿Meredith?

Meredith tragó saliva y cerró la mochila. ¿Qué más daba? Josh había vuelto por Carly, no por ella.

Cosa que tampoco le extrañaba. Carly era preciosa y encantadora, mientras que ella siempre había sido la niña buena que no había destacado por nada, excepto por tener siempre la nariz metida entre libros. Se había dedicado sobre todo a trabajar. Y lo había pagado caro. Después de todo,

¿quién quería ser amigo de la empollona de la clase? ¿Quién quería salir con una mujer con fama de inaccesible?

—No sé, mamá. Si tenemos que llegar hasta estos extremos.

—¿Qué extremos? —dijo Viera—. Estás evitando un problema para tu hermana. Sólo hasta que Mark regrese. Después, todo volverá a la normalidad.

Meredith miró por la ventana. A lo lejos se veía el perfil de Bear Mountain.

—Está bien —accedió por fin.

Después de todo sólo sería un día. ¿Qué podía pasar en un día?

Horas después Meredith esperaba en el helipuerto la llegada de Josh metida en su coche. Los ejecutivos de otras compañías disfrutaban de limusinas y conductores a cargo de la empresa, pero a Meredith le parecía un derroche sin sentido y prefería conducir su propio coche o tomar un taxi.

Las limusinas no eran el único gasto superficial que había eliminado al llegar a la presidencia de Cartwright Enterprises, y su iniciativa había servido para subir la moral de los empleados y ganarse la aprobación del consejo de administración.

—Suba —le indicó el piloto señalando el helicóptero—. Estoy seguro de que el señor Adams llegará de un momento a otro.

Meredith miró el reloj. Llevaba esperando casi una hora, aunque tampoco le extrañaba. Seguro que Josh se estaba retrasando intencionadamente.

Cuando llamó para confirmar la clase, él se mostró frío y cortante al teléfono, como si le molestara, y Meredith tuvo que hacer un gran esfuerzo para no cancelar la excursión.

También podía ser que se le hubiera pasado la hora. No hacía falta mucho para entretener a Josh. Tan sólo una mujer atractiva.

No era difícil imaginarlo en la cama, haciendo apasionadamente el amor a otra mujer.

Sólo de pensarlo, Meredith sintió que se le hundía el corazón. Después de todo, Josh era el único hombre con quien se había acostado. Era ridículo. Treinta y dos años y sólo un amante en su lista.

No porque ella hubiera planificado su falta de experiencia sexual, aunque también era cierto que nunca le interesaron las mismas cosas que a las chicas de su edad. Mientras las demás jugaban a ser mayores y escribían notas a los chicos, ella estudiaba las obras de Platón y memorizaba las estrategias de Maquiavelo. Tampoco era que no quisiera casarse algún día, pero para ella había otras cosas más interesantes. Y además, si el ejemplo era su madre, el matrimonio no era garantía de felicidad.

«A lo mejor no viene», pensó. Otra vez se le cayó el corazón a los pies.

Horrorizada, recordó que una parte de sí misma quería hacer la excursión. Pero ¿por qué? ¿Por qué creía que su historia se podía repetir? ¿Quería ella que se repitiera?

De repente vio detenerse un Jeep azul, con un par de esquís asomados por el techo abierto. Para la mayoría de la gente, hacía demasiado frío para conducir con el techo abierto, pero a Josh no parecía molestarle el frío. Ni siquiera llevaba gorro. Y su aspecto parecía confirmar las sospechas de Meredith. Josh tenía toda la pinta de estar recién levantado de la cama, con el pelo castaño alborotado y barba de un día. Llevaba una cazadora de esquí, vaqueros y botas de montaña. Se levantó las gafas de sol y le sonrió. Bajó del coche y abrió la puerta del helicóptero para subir.

Meredith sintió una bocanada de aire frío y el peso de la mochila de Josh en el regazo.

–Échala detrás, ¿quieres? –le dijo.

Meredith se desabrochó el cinturón de seguridad y dejó la mochila junto a la suya.

–¿Ocurre algo? –preguntó él subiendo al helicóptero al ver la expresión de su cara.

–¿Por qué lo preguntas? ¿Porque sólo llevo una hora esperando?

Meredith sabía que su voz no sonaba muy comprensiva, pero no pudo evitarlo.

–Siento el retraso. Tenía un asunto pendiente.

–¿Cómo se llama? –preguntó ella con voz calmada, incapaz de reprimir la pregunta.

–¿Perdona? –preguntó él, inclinándose hacia ella.

Ella miró aquellos ojos grises convencida de que hacía apenas unos momentos habían estado contemplando a otra mujer.

«Qué guapo es», pensó, maldiciéndolo para sus adentros.

–Nada.

–Bien, entonces en marcha –dijo Josh alegremente al piloto.

Cuando el helicóptero despegó, a Meredith le subió el corazón a la garganta. No estaba segura de si era por dejar tierra firme o por la excursión en sí. Además, iba con un hombre a quien apenas conocía, a quien no había visto en años, y con quien había perdido la virginidad.

–¿En qué piensas? –preguntó él.

Meredith abrió el teléfono móvil.

–Trabajo.

Josh abrió una bolsa de zanahorias crudas peladas y le ofreció una. Ella negó con la cabeza mientras marcaba el número de su oficina.

–¿Cómo están las cosas? –gritó Meredith al teléfono para hacerse oír por encima del ruido del helicóptero.

Su ayudante le dijo que no habían sido capaces de averiguar la identidad de la empresa que había hecho la nueva oferta a los Duran.

–¿Por qué no? –quiso saber en un tono que insinuaba que si se hubiera ocupado ella personalmente lo habría averiguado–. Es imprescindible que lo sepamos cuanto antes –gritó antes de colgar el teléfono.

–¿Algún problema? –preguntó Josh.

–Nada que no pueda solucionar.

–Si tienes ganas de hablar –dijo él–, soy todo oídos.

–No, gracias. No creo que te resulte interesante.

–Te sorprendería. Además, me ha parecido oír algo de nieve…

–Josh –lo interrumpió secamente–, es un producto, no un parte del tiempo.

Josh arqueó una ceja y a ella le pareció ver una ligera sonrisa en sus labios.

Meredith abrió de nuevo el teléfono, furiosa.

¿Qué estaba haciendo? ¿Por qué tenía que irse en un momento tan crucial? ¿No habría sido más sencillo mandar a Carly fuera de la ciudad? ¿Qué estaba haciendo en un helicóptero con un instructor de esquí que…?

El helicóptero dio una fuerte sacudida. A Meredith se le cayó el teléfono al suelo y se golpeó la cabeza contra el hombro de Josh, que la ayudó a incorporarse. El helicóptero dio otra brusca sacudida y Meredith se sujetó el estómago. Por un momento temió que iba a vomitar.

–Respira hondo –dijo él–. Apoya la cabeza en el regazo y respira. Ya casi hemos llegado, Princesa –añadió, frotándole la espalda con la mano.

–Hace mucho viento –gritó el piloto después de aterrizar–. Siento que no haya sido un paseo muy cómodo.

–No pasa nada –consiguió decir Meredith, levantando la cabeza.

–¿Quieres que volvamos? –preguntó Josh–. No tienes buena cara.

–No –dijo ella, negando con la cabeza.

Por atractiva que fuera la idea, no se sentía con fuerzas para soportar otro viaje en helicóptero. Además, si había llegado hasta allí, no pensaba rendirse.

–Así me gusta –dijo él, dándole una campechana palmada en la espalda.

Josh saltó al suelo y ofreció una mano a Meredith para ayudarla a bajar.

–Puedo sola –dijo ella.

Él se encogió de hombros y sacó su mochila.

Casi al instante Meredith se arrepintió de no aceptar su ayuda. ¿Por qué tenía que ser siempre tan independiente? Se sujetó a los laterales del helicóptero y saltó al suelo.

—No olvides tus cosas —dijo él, que ya se alejaba con todo lo suyo a cuestas.

Meredith se volvió hacia el helicóptero. Sus esquís y la mochila estaban detrás, y para recogerlos tenía que volver a subir. El piloto no podía ayudarla. Tenía que permanecer en los controles por si el aparato se movía. De repente, la tensión acumulada la abrumó y le entraron ganas de llorar. ¿Qué le pasaba?

—Meredith —dijo Josh, a su lado—. Si no te sientes con fuerzas, será mejor que volvamos.

—No, estoy bien —repuso ella, alzando las manos en ademán de protesta—. Sólo necesito unos minutos.

—No tienes que demostrar nada.

—No es eso.

Meredith le dirigió una mirada fulminante. ¿Qué se creía? Quizá no fuera una gran deportista, pero tampoco era una niña incapaz de hacer nada por sí sola. Aunque en ese momento era exactamente como se sentía.

Sin preguntar, Josh bajó sus esquís y su mochila y le colgó la mochila de los hombros.

—Gracias.

—Vamos —dijo él, llevándole los esquís y las botas.

Cuando estuvieron a una distancia segura, indicó al piloto que ya podía despegar. En cuestión de minutos, el ensordecedor ruido del aparato dio paso al silencio más total.

Estaban en una meseta en la ladera de la montaña, rodeados de cumbres montañosas cubiertas de nieve.

–Alucinante, ¿verdad? –dijo Josh–. Es como si estuviéramos solos en el mundo.

A Meredith no le parecía una idea muy reconfortante y abrió de nuevo el móvil para llamar a su oficina. Hablar con su ayudante la hacía sentirse mucho mejor. Al menos le recordaba que no era la joven ingenua que subió hacía diez años a la misma montaña.

Josh estaba plantado delante de ella, con los brazos cruzados y cara de no gustarle mucho la espera.

«Que se aguante», pensó ella. Ella lo había esperado antes.

–Cuando empecemos a descender no tendrás cobertura –dijo él–. Te vendrá bien olvidarte un rato del trabajo.

–No –respondió ella–. No puede ser. Estoy en mitad de un trato importante.

–¿Y por qué has venido?

–¿Qué quieres decir?

–¿Por qué no estás en tu despacho, trabajando?

–Er, bueno, mm…

Una vez más, no sabía qué decir. Y Josh no le podía explicar que era él quien estaba poniendo el trato en peligro.

–Meredith –dijo él en tono meloso–, empiezo a pensar que sólo querías una excusa para volver a estar a solas conmigo.

Meredith alzó la cabeza y se echó a reír.

–En absoluto.

–¿No?

¿Qué podía decirle para convencerlo?

–Mi novio… es un excelente esquiador.

a mentira salió de su boca sin pensar.

—La semana que viene nos vamos de vacaciones y me temo que he exagerado un poco mis dotes en la pista. Quería hacer un curso intensivo, pero he estado tan ocupada que no he tenido tiempo ni para reservarlo.

—Ya veo —dijo él, mirándola con frialdad—. ¿Por qué no mencionaste el viaje ayer?

—¿Habría importado? —replicó ella—. Además, no es exactamente asunto tuyo. Te pago para que me enseñes a esquiar, no para que seas mi confidente.

«O amante», añadió para sus adentros.

—Entonces, ¿qué te pasa? —preguntó él, con las manos apoyadas en los bastones de esquí.

—¿Qué quieres decir?

Josh le señaló los pies con la cabeza, aún sin botas y sin esquís.

Inmediatamente Meredith se calzó las botas y los esquís y se colocó junto a Josh.

—Voy a bajar yo primero —dijo él—. Quiero que esperes hasta que me detenga, y después bajes hacia mí, ¿de acuerdo?

Ella asintió y se puso las gafas.

Josh inició el descenso. Era un excelente esquiador y se deslizaba sobre la nieve con suavidad y elegancia, aunque Meredith sabía que esquiar en nieve virgen requería mucha fuerza y destreza.

Cuando se detuvo, le indicó que descendiera por el mismo sendero que él había marcado al bajar.

A Meredith casi se le hundieron los esquís en la nieve y tragó saliva. Aunque había sido una buena esquiadora, hacía mucho que no practicaba, y empezó a pensar que quizá la excursión de Bear Mountain no había sido tan buena idea.

Intentó empezar despacio, pero era como si se hubiera puesto patines. Los esquís se deslizaban sobre el rastro de Josh y fueron tomando velocidad.

«Eh, esto está muy bien», pensó.

–Espera –le dijo Josh, de repente a su lado obligándola a detenerse–. Estás perdiendo el control.

Ella asintió. Le había oído pero no estaba de acuerdo. De hecho, estaba impresionada consigo misma. No estaba tan oxidada como pensaba.

Continuó bajando, haciendo oídos sordos a la advertencia de Josh. Éste esquió de nuevo delante de ella y la detuvo. Meredith chocó contra él y ambos cayeron al suelo.

–¿Qué demonios estás haciendo? –gritó.

–Esquiar. Se me da mejor de lo que pensaba.

–¿Qué dices? ¡Has perdido el control!

–¡De eso nada!

–¿Y por qué te has chocado conmigo? –preguntó él–. Esto es peligroso.

–Iré más despacio –dijo ella, dándose cuenta de que se estaba portando como una niña malcriada.

–¿Has olvidado lo peligroso que puede ser?

–No he olvidado nada.

–Has olvidado todo lo que te enseñé.

–Todo no.

Meredith se ruborizó, recordando la noche que habían pasado juntos.

Josh se puso en pie.

–¿Cuándo fue la última vez que fuiste a esquiar?

Mm. La última vez. A ver, … ¿fue el año anterior? No, pensaba hacerlo, pero canceló sus planes en el último momento por trabajo. Y antes de eso… Mm.

Josh no parecía muy contento.

—Es increíble.

—Un par de años como mucho. Como mucho —repitió ella.

—Tu nivel es de principiante, no de Bear Mountain. Esto es lo más difícil que hay, Meredith.

—Tranquilo, puedo hacerlo mejor. Es sólo que me he emocionado —le aseguró ella.

Él extendió la mano para ayudarla a levantarse.

—Siento haberme chocado contigo —se excusó ella.

Josh le soltó la mano y se ajustó las gafas.

—Átate los esquís. Vamos a intentarlo otra vez. Y ve despacio —le advirtió él—. Así.

Josh empezó a esquiar despacio y, aunque a regañadientes, Meredith lo obedeció. Esquiaron durante otra hora, esta vez con mucho más cuidado, hasta que Meredith se detuvo, cansada.

—Necesito descansar un momento —le dijo.

—De acuerdo —dijo él.

Tras unos minutos en silencio, Josh preguntó:

—¿Y tu novio, cómo se llama?

—¿Quién?

—Tu novio. El que te va a llevar de vacaciones a esquiar.

Por un momento Meredith no supo qué responder.

—Oh, se llama... se llama Speed.

—¿Speed?

—Es un apodo. Su verdadero nombre es Tom Jenkins —añadió, usando el nombre de uno de sus empleados.

—¿A qué se dedica?

—Es contable, y muy considerado.

–Oh, bien –respondió Josh–. Me preocupaba que salieras con alguien que no fuera un triunfador.

–No me refería a eso.

–¿Y por qué lo has mencionado?

–No lo sé.

Meredith se sentía fatal. ¿Por qué lo había mencionado? ¿Por qué temía que Josh pensara que salía con un perdedor? ¿O que sospechara la verdad, que no salía con nadie?

–Sigamos –dijo él–. No es asunto mío.

Continuaron esquiando unas horas más. Josh era un buen profesor, paciente y comprensivo, y su actitud con ella no dejó de ser en ningún momento estrictamente profesional. Justo cuando ella creía estar a salvo, pararon a comer.

Aunque no era la primera vez que iba a Bear Mountain desde su noche con Josh, Meredith siempre había evitado la cabaña. Ahora, al contemplarla, no pudo evitar recordar aquellas horas que compartieron juntos en una relación que había sido de todo menos profesional. Si Josh sentía algo remotamente similar, no lo demostró.

–Podemos descansar aquí un rato –dijo.

Era tal y como ella la recordaba, una cabaña construida con troncos de arboles recogidos por la montaña. Ignorando el nudo en la garganta que le impedía incluso respirar, Meredith siguió a Josh hasta el interior. Como años atrás, la cama doble seguía pegada a la pared, la nevera en el mismo rincón de siempre, y delante, una mesa de madera y unas sillas. En la chimenea, un montón de leña y ramas secas, listas para encender un fuego tan sólo con la ayuda de una cerilla.

–No te quites la cazadora –le dijo él–. No hay calefacción.

Josh abrió la nevera. En su interior había cajas de comida preparada, agua mineral, vino y cerveza. Josh le dio una botella de agua.

–Bébela toda –le dijo–. Aunque haga frío no deja de haber peligro de deshidratación.

Meredith asintió. Josh sacó dos envases de comida y los puso en la mesa. Era evidente que seguía molesto con ella. ¿Por qué había tenido que hacer el comentario sobre su novio? Lo cierto era que a ella poco le interesaba el éxito profesional de un hombre. Le importaba mucho más que fuera cariñoso y comprensivo.

–Josh –dijo–. Siento haber dicho eso antes.

–¿El qué? –preguntó él.

–Lo de… Speed. La verdad es que el éxito me importa poco. Sólo quería decir que no es un… empollón. Ya sabes lo que dicen de los contables.

–No, no lo sé. Después de todo, ¿no eres tú contable?

–Por eso –sonrió ella–. Aunque me licencié en Contabilidad, en realidad nunca he sido contable.

Meredith titubeó un momento, y después continuó.

–Me sorprende que recuerdes en qué me licencié.

–Te sorprendería todo lo que recuerdo.

Meredith miró hacia la cama y se sonrojó.

–De todos modos –añadió él–, tú no eres precisamente una empollona.

–Gracias –dijo ella–, pero me ponen de ejemplo en la definición.

–Para nada –dijo él–. No hay ningún empollón tan guapo como tú.

Meredith sintió que se le aceleraba el corazón. Alcanzó el móvil que había dejado sobre la mesa y comprobó si tenía algún mensaje.

–¿Ha habido suerte? –preguntó Josh,

–No, aquí no hay cobertura.

–¿Y sigue trabajando de contable?

–¿Quién?

–Tom –dijo él–. O Speed.

–¿Que si sigue qué?

No podía soportar seguir hablando de un supuesto novio que sólo existía en su imaginación.

–¿Te encuentras bien? –preguntó él, sentándose a la mesa.

–Sí –dijo ella, sentándose frente a él y abriendo un sándwich–. ¿De qué estábamos hablando?

–De si tu novio sigue siendo contable.

–No –dijo ella–. Bueno, a veces. Es supervisor.

–Ah.

Tras dar un mordisco a su bocadillo, Meredith decidió hacer la pregunta que llevaba dos días dándole vueltas por la cabeza.

–La otra noche dijiste que habías vuelto para ver a Carly.

Se interrumpió. Una vez más sintió que se hundía irremediablemente en los profundos ojos grises de Josh, y desvió la mirada.

–¿Es para algo en lo que yo te pueda ayudar? –dijo por fin.

–Desafortunadamente me temo que no –dijo él.

–Debiste echarla mucho de menos, todos estos años sin verla –añadió Meredith, y dio otro bocado al sándwich.

—Hemos estado en contacto.

—Oh —exclamó Meredith sorprendida, tratando de ignorar el vacío que notaba en el estómago—. Nunca me comentó nada.

—Seguramente pensó que no lo aprobarías.

—¿Yo? ¿Por qué no iba a aprobarlo?

—No lo sé —repuso él—. Una suposición.

Meredith se obligó a comer otro trozo de bocadillo.

—¿Lo apruebas? —preguntó él.

—¿El qué?

—No sé. Mi amistad con Carly.

Era como si se divirtiera tomándole el pelo. ¿Qué esperaba oír, que por su affaire de hacía unos años tenía prohibido ver a su hermana? Sintió la necesidad de decirle que dejara a su hermana en paz, que estaba prometida a un hombre maravilloso que la amaba con locura, y que no entendía cómo podía dejarse tentar por un mujeriego como él. Claro que la misma pregunta podía hacérsela a sí misma.

—¿Quieres tumbarte un poco?

—¿Qué?

¿Le había oído bien? ¿No acababa de decirle que tenía novio? ¿Estaba preguntándole si le interesaba un poco de sexo sin compromiso?

—Estás un poco pálida —dijo él—. Descansa un poco mientras voy a ver cuál es la mejor ruta para seguir descendiendo.

A Meredith le entraron ganas de reír. Qué tonta. No le estaba haciendo ningún tipo de proposición deshonesta.

—No —contestó—. No necesito descansar.

«Lo que necesito es salir de aquí», añadió para sus adentros.

Al salir de la cabaña el aire helado de la montaña le golpeó en la cara, pero no le hizo cambiar de opinión. De hecho, el frío le dio nuevas fuerzas para el descenso. Se ató los esquís y sujetó los bastones con las dos manos.

–Espera –dijo él sujetándola de un brazo–. Ha bajado la temperatura y es posible que haya hielo.

Ella se soltó bruscamente.

–Soy muy capaz de cuidarme sola.

–No quisiera que te lesionaras. Recuerda lo que pasó la última vez que estuvimos aquí –dijo él, poniéndose los guantes.

Sin responder, Meredith inició el descenso.

«Maldita sea», pensó Josh. Meredith era más frustrante de lo que esperaba.

Recordó la indiferencia con que había mirado la cabaña, como si la viera por primera vez. Tampoco había mencionado su noche juntos y era evidente que su continuada relación con Carly le irritaba.

Josh anticipó la expresión de su cara cuando se enterara de que él era el rival a quien ella intentaba vencer. Si Meredith fuera más cordial con él, le diría la verdad, pero la actitud femenina no hacía más que confirmar sus sospechas: Meredith era una mujer narcisista y vanidosa que se merecía una buena lección.

Sin embargo, a veces los comentarios que hacía sobre sí misma no eran propios de una persona vanidosa. Como cuando se había calificado de empollona. Seguro que era una treta para arrancarle un cumplido, para ver si él aún seguía interesado en ella.

No lo iba a conseguir. Meredith ya no le interesaba.

¿No?

De haber sabido el verdadero motivo de Meredith para volver a Bear Mountain con él, Josh no habría aceptado. Pero ¿cómo cambiaba la situación el hecho de que tuviera novio? A menos... a menos que él tuviera segundas intenciones que no quería admitir.

Maldita fuera.

Odiaba reconocerlo, pero aún recordaba la sensación de la piel blanca y cremosa de Meredith contra su cuerpo desnudo. El placer de estar dentro de ella. Saber que nadie antes había tenido con ella lo que tuvo con él.

«Eso fue hace muchos años», se recordó. Ya no sería lo mismo. La ingenua virgen se había convertido en una ejecutiva agresiva.

De repente Meredith desapareció de su vista.

¿Qué estaba haciendo? ¿No le había advertido que fuera más despacio? La mujer se estaba portando como si su poder y su prestigio le otorgaran una sensación de invencibilidad que era falsa. Era una inconsciente, y él no tenía ninguna intención de que se despeñara por uno de aquellos barrancos.

Salió velozmente tras ella, resuelto a detenerla aunque tuviera que tirarse al suelo para conseguirlo.

—¡Meredith! —gritó.

Pero ella le ignoró. De un salto Josh se plantó a su lado y, por la expresión de su rostro, se dio cuenta de que Meredith no estaba disfrutando del descenso. En realidad había perdido el control.

Josh le hizo una señal para que se tirara al suelo. Sabía que al hacerlo los esquís se soltarían y la nieve frenaría la bajada, pero Meredith, presa de pánico, perdió el equilibrio y cayó rodando ladera abajo.

Josh se arrojó ante ella para detenerla.

Meredith chocó contra él y ambos continuaron cayendo, rodando como una bola de nieve, hasta que Josh logró frenar la caída. Levantó la cabeza y vio a Meredith tendida en la nieve, sin moverse.

—¡Meredith! —gritó corriendo hacia ella—. ¿Me oyes?

Meredith parpadeó un par de veces y abrió los ojos.

—Sí.

Josh dejó caer la cabeza en un gesto de alivio. Todo aquello era por su culpa. Para empezar, no debía haber accedido a ir allí con ella, y además, hacía años que había dejado de dar clases de esquí. El arrogante era él, no ella. Y esa arrogancia casi la había matado.

—Lo siento, Josh. Traté de parar, en serio...

—No importa —dijo él, quitándose los guantes—. Voy a pasarte las manos. Dime si te duele algo.

Él deslizó las manos por los hombros femeninos.

—No —dijo ella.

Sus manos siguieron descendiendo por la espalda, y cuando bajaron más de lo apropiado, ella lo apartó de un empujón.

—Estoy bien —dijo, tratando de levantarse—. ¡Ay!

Volvió a desplomarse sobre el suelo.

—Es el tobillo. Me duele.

Josh la miró, recordando que ella había fingido

lesionarse el tobillo años atrás. ¿Estaba jugando con él? ¿Acaso tenía un sofisticado plan para seducirlo?

Meredith estaba roja como un tomate, como si le hubiera leído el pensamiento.

–Me duele mucho –dijo.

La mueca de dolor en su rostro confirmó sus palabras.

Josh suspiró. Su única alternativa era regresar a la cabaña y pedir un helicóptero que los rescatara. Sujetando a Meredith por la cintura, la ayudó a levantarse e iniciaron el penoso ascenso de regreso a la cabaña.

Meredith no daba crédito a su mala suerte. Su intención había sido descender lentamente, pero sin darse cuenta se vio deslizándose montaña abajo a toda velocidad, sin poder detenerse. Y cuando tuvo a Josh a su lado, recorriendo su cuerpo con las manos en busca de lesiones, tuvo que apartarlo, temiendo que se le escapara algún susurro ininteligible o incluso un gemido de placer.

El plan de su madre y su hermana era un desastre. Ya no era Carly quien necesitaba ser rescatada sino ella.

–¿Qué tal vas? –preguntó él, que la llevaba prácticamente en brazos.

–Bien. ¿Y tú?

–No soy yo quien se ha lesionado el tobillo.

–No, sólo tienes que acarrear todo mi peso.

Josh sonrió.

–No pesas tanto.

–¿Qué haremos cuando lleguemos a la cabaña? –preguntó ella sin dejar de avanzar.

–Lo mismo que hicimos la otra vez cuando te lesionaste el tobillo. ¿Te acuerdas?

Meredith sintió que se le cortaba la respiración. Recordaba perfectamente aquella cama y las horas que pasó haciendo el amor con él. Recordaba desear pasar lo que le quedaba de vida entre sus brazos. Recordaba…

–Llamaré para pedir un helicóptero de rescate –dijo él.

–Oh.

–¿O se te ocurre otra cosa? –preguntó él.

–No, claro que no –respondió ella secamente.

Lo miró de soslayo y le pareció ver una ligera sonrisa en los labios masculinos.

–¿Te estás riendo de mí?

–Yo jamás me reiría de ti –le aseguró él deteniéndose un momento para mirarla.

Después de lo que le pareció una eternidad llegaron por fin a la cabaña. Josh la ayudó a tenderse en la cama antes de acercarse a la radio.

Meredith escuchó mientras Josh contactaba con los guardas forestales. Estos les comunicaron que ya era tarde para enviar un helicóptero de rescate y que además se había levantado un viento muy fuerte, lo que aconsejaba esperar al día siguiente.

Josh suspiró y cortó la comunicación. Después se acercó a la mesa y empezó a quitarse las botas.

–Lo siento –dijo ella–. Si no hubiera ido tan deprisa

–Tienes razón –dijo él–. Si me hubieras hecho caso no estaríamos aquí atrapados.

Estaba muy enfadado con ella.

–No ha sido a propósito.

–Los accidentes nunca lo son. Pero la velocidad sí.

–He intentado parar.

–No lo suficiente.

Meredith cruzó los bazos. La beligerancia de Josh no hizo nada por calmarla.

–No lo he hecho queriendo –le espetó furiosa.

–¿Estás segura?

Meredith casi no podía respirar. ¿Qué estaba insinuando, que había fingido el esguince como la otra vez?

–¿Qué quieres decir con eso? –se oyó preguntar en voz alta.

Josh sacudió la cabeza, como asqueado.

–Voy a buscar más leña –masculló–. Más vale que nos pongamos cómodos e intentemos pasar la noche lo mejor posible.

Y con eso salió de la cabaña, dando un portazo tras él.

Meredith recordó que había un pequeño cobertizo para leña en la parte de atrás y supuso que allí era donde había ido Josh. La sola idea de estar a solas con él la enervaba. No estaba segura de poder estar a solas con él una noche, pero ¿y si se alargaba a una semana? ¿De qué iban a hablar? Su mundo no tenía nada en común con el de un playboy profesional cuya vida se repartía a partes iguales entre las pistas de esquí y las mujeres. Por no mencionar su oficina. ¿Qué harían sin ella?

Respiró hondo. Se estaba dejando llevar por su imaginación. No iban a estar allí atrapados durante una semana, y desde luego una noche no sería tan difícil. ¿Qué era lo peor que podía pasar?

–¿Por qué no te has metido en la cama?

La voz de Josh interrumpió sus pensamientos. Estaba en la puerta con los brazos cargados de leña.

–¿Qué? –preguntó ella.

–La cama. Deberías tener el pie en alto

–Oh –dijo ella.

La cama, claro, tener el pie en alto, sí.

–Aquí estoy bien –respondió, acomodándose en el sofá mientras él apilaba la leña junto a la chimenea–. ¿Cuándo fue la última vez que estuviste aquí? –preguntó.

Josh colocó un poco de papel y unas ramas en la chimenea y la encendió. Después se volvió y la miró directamente a los ojos, sin pestañear.

–Contigo –contestó, y tras una breve pausa le dio la espalda y contempló las llamas–. Ya está. Enseguida estaremos calientes. ¿Quieres beber algo? –preguntó, señalando la nevera con un ligero movimiento de cabeza.

–No.

–Al menos quítate la bota –dijo él.

Meredith asintió y se inclinó hacia delante. El dolor del pie era insoportable, y de repente se le llenaron los ojos de lágrimas.

–Lo siento –dijo Josh sentándose a su lado–. Sé que duele.

Con sumo cuidado le desabrochó y le quitó la bota, y después hizo lo mismo con el calcetín, dejando al descubierto un pie hinchado y amoratado.

–No tiene buena pinta.

–Estoy bien –dijo ella, retirando el pie.

Josh fue a la nevera y sacó un paquete de hielo. Después, abrió su mochila y extrajo una venda.

Sin decir palabra se arrodilló ante ella y le vendó el tobillo con suma delicadeza, tratándola más como a una amante que como a una cliente difícil.

—Cambiaremos el hielo dentro de media hora. Ahora es mejor que te tumbes y pongas el pie en alto.

Fue al armario de la cocina y volvió con un vaso de agua y una pastilla de ibuprofeno.

—Tómate esto —le dijo.

Meredith le obedeció sin rechistar y después le devolvió el vaso.

—Voy a ver qué encuentro para cenar —dijo él.

Meredith cerró los ojos. Como a lo lejos le oía rebuscando en los armarios. A pesar de que estaba convencida de que no podría dormir, el dolor y el analgésico no tardaron en hacerle efecto y se dejó llevar. Sabía que iba a ser una noche muy larga.

Capítulo Cuatro

Josh estaba frustrado. No debía haber llevado a Meredith en aquella aventura. Él ya no era profesor de esquí. ¿Cómo se le ocurrió pensar que podría controlar a una alumna, especialmente a una tan testaruda como Meredith Cartwright?

Miró a Meredith. Llevaba más de una hora durmiendo. Había que cambiar la bolsa de hielo, pero no quería despertarla. La contempló en silencio, admirando las suaves curvas femeninas, y no pudo dejar de sentirse admirado por su belleza. La larga melena castaña caía sobre su espalda. La pequeña nariz se veía complementada por unos labios grandes y carnosos. Deslizó la mirada hacia abajo, hacia el pecho y…

Se obligó a desviar la vista. ¿Para qué? Meredith salía con otro hombre, y por lo visto iba en serio.

Josh se levantó y se acercó a la chimenea. De todos modos Meredith Cartwright no era una buena candidata romántica para él. Y no tenía nada que ver con que no tuviera ningún interés por él ni con que estuviera enamorada de otro hombre. El elemento fundamental era que ella era su rival profesional, simple y llanamente. Una rival a la que, además, pronto haría morder el polvo.

Josh consultó el reloj. Los Duran ya debían haber recibido su oferta. Pensó en la reacción en Cartwright Enterprises cuando vieran que el precio que ellos creían fijo se había disparado de repente. Pronto no podrían pagarlo. Durasnow sería suyo, independientemente de con quien se casara o dejara de casar Carly.

Miró a Meredith y ladeó la cabeza.

–Nada personal, Princesa –susurró.

Meredith parpadeó y se incorporó lentamente.

–Hola –dijo con una débil sonrisa–. ¿Qué haces?

Josh sacó una bolsa de hielo del congelador.

–Hay que cambiar la venda –dijo.

–Tengo el tobillo mucho mejor –dijo ella, asintiendo.

–Bien.

Josh se arrodilló ante ella y le quitó la venda.

–¿Sigues creyendo que es un esguince? –preguntó Meredith.

–No parece que esté roto. Puede ser un esguince, o un ligamento. Lo sabremos mañana.

Josh terminó de vendarle de nuevo el tobillo. Cuando se levantó e iba a alejarse, Meredith le sujetó la muñeca:

–Gracias –le dijo.

Por un momento él sintió una punzada de remordimiento. Pensó en la oferta y en la pésima situación que le esperaba a Meredith cuando regresara a su despacho.

«Olvídalo», se dijo. «Ya es tarde para sentimentalismos».

Le dio un palo que había encontrado fuera.

–Por si necesitas andar –le dijo.

–Gracias.

Meredith se puso en pie, usando el palo de muleta.

—¿Has encontrado algo para la cena?

—Hay algunas cosas en cajas. Galletas saladas y demás.

—Espero que haya algo más que eso —respondió ella, y empezó a rebuscar en los armarios—. Mm, atún, tallarines chinos, sopa de champiñones. Estofado de atún.

Josh sonrió.

—¿Sabes preparar un estofado de atún?

—¿Qué tiene de raro?

—No te imagino ni siquiera comiendo un estofado de atún.

La sonrisa de Meredith se desvaneció.

—Me consideras la típica niña rica, ¿no?

—Típica no. Sé que trabajas mucho.

—Así es. No soy como muchas de las mujeres que tú conoces. Sé que a veces puede parecerlo, pero mi vida no ha sido fácil.

—Lo sé —dijo él—. Sentí mucho lo de tu padre.

—No era mi padre. Era mi padrastro. Y era un canalla —añadió, dándole una de las latas—. ¿Quieres abrírmela, por favor?

—Palabras muy duras para un hombre que ha formado parte de tu vida durante tantos años.

Josh sacó un abrelatas.

—Crees que no tengo corazón —dijo ella.

—¿Lo tienes? —preguntó él, mientras abría la lata.

Meredith se encogió de hombros.

—Creo que sí. Nunca me llevé bien con él. Conocía sus relaciones con otras mujeres y me daba asco. Además, arruinó la empresa. Mi madre nunca debió entregarle las riendas de Cartwright.

–¿Por qué lo hizo?

–Porque lo quería –dijo ella, abriendo la bolsa de tallarines chinos–. Es la maldición de las mujeres de mi familia. Siempre se enamoran de los chicos malos.

–¿Chicos malos?

–Hombres que no les convienen.

–¿Incluida tú?

Meredith quedó inmóvil un momento.

–No –dijo por fin.

–Y dime –dijo él, acercándose un poco más a ella–, ese novio tuyo, ¿es un buen chico?

–No tengo ganas de hablar de él –dijo ella encogiéndose de hombros.

–¿Por qué?

–Pues… porque… no.

Josh asintió. Una retirada a tiempo…

–De acuerdo –dijo–. ¿Qué me dices de Carly? ¿Su novio también es un «chico malo»?

–¿Mark?

Meredith pareció relajarse ante la mención de su futuro cuñado. Miró a Josh y sonrió.

–No. Es maravilloso. Cariñoso, inteligente, fiel. No hay muchos como él.

Josh apretó las mandíbulas. ¿Estaba enamorada de su futuro cuñado?

–Lástima que Carly lo viera primero.

–¿A Mark?

Meredith lo miró, sorprendida ante la vehemencia de sus palabras.

–No, Mark no me interesa.

Claro que no. Lo único que le interesaba era lo que traía a la mesa.

–Sólo sus padres –dijo él.

—¿Qué quieres decir con eso?

—Que te interesa un producto que, casualidad o no, lo fabrican los Duran.

—¿Cómo lo sabes?

—Por los periódicos, claro.

—¿En Europa?

—Leo la prensa estadounidense en Internet.

—Lo de Durasnow es una casualidad —le explicó ella—. Mark es cirujano cardiovascular. Carly lo conoció en una cena y se enamoró de él. Ya eran novios cuando presenté la oferta a los Duran. Debo admitir que me sorprende tu interés —añadió, estudiándolo con cierta extrañeza—, aunque siempre has sentido aprecio por Carly y es normal.

—Carly es una amiga con la que hace años que no hablo, Meredith.

—Vale —dijo ella.

Josh se dio cuenta de que Meredith no le creía. Y por alguna razón que no acertaba a comprender, sintió la necesidad de convencerla.

—Soy ávido lector de la sección de negocios del *New York Times* —dijo él—. Y te mencionan bastante.

—Si tanto lo lees, sabrás que a mí el *Times* no me emociona —dijo ella—. Han publicado cosas muy desagradables sobre Cartwright.

—Pero siempre han sido respetuosos contigo y han dejado claro que no eres responsable de las vicisitudes de la compañía, sino que las has heredado.

Meredith le dio otra lata.

—Sé que tengo fama de ser testaruda y fría…

—Meredith —dijo él, tomando la lata—, no tienes que defenderte.

Terminó de abrir la lata y se la dio. Sus dedos se rozaron, y Meredith no retiró los suyos.

–Sé lo que opinas de mí, Josh.

–¿A qué te refieres?

–Sé lo que opina todo el mundo, que soy una mujer horrible que se merece todo lo que le pase.

–Eso no es cierto –dijo él, consciente de que debía retirarse.

–¿Qué opinas de mí? –preguntó ella.

Tenía los labios carnosos. Eran labios que estaban suplicando un beso.

–¿Importa?

–Si no importara no te habría preguntado.

La mirada masculina descendió. Los pezones estaban duros, y los senos de Meredith subían y bajaban con cada respiración.

Josh recordó años atrás, cuando le quitó el suéter de cuello de cisne y liberó los senos redondos y perfectos. Recordó cómo acarició la suave y pálida piel, cómo la tomó en su boca.

–No sé qué pensar. No te conozco.

–Antes sí. No éramos exactamente desconocidos –dijo ella, y encogiéndose de hombros, añadió–: Después de todo, nos acostamos juntos.

–Lo recuerdas –dijo él, clavando los ojos en los de ella.

–Desde luego. Aquella noche perdí la virginidad. Es algo que jamás olvidaré.

Josh se detuvo al escuchar el tono apasionado en la voz femenina. Se alejó un par de pasos, dejó la lata en la encimera, y después preguntó:

–¿Por qué querías que te trajera aquí?

–Ya te lo dije. Mi novio esquía…

–¿Por qué no fuiste a las pistas más fáciles? ¿Por qué Bear Mountain?

Meredith dio un paso atrás, alejándose de él.

–Necesitaba una clase intensiva.

Josh se plantó ante ella, tan cerca que casi rozaba la boca de Meredith con la suya.

–¿Te pongo nerviosa, Meredith?

–Un poco –dijo ella, pero no se apartó.

–¿Por qué no respondiste a ninguna de mis llamadas después de aquella noche?

–Me daba vergüenza.

–¿Vergüenza?

–Yo era virgen.

Un mechón de pelo castaño le cayó sobre la frente. Josh lo apartó con un gesto tierno y delicado.

–Lo recuerdo.

Meredith parpadeó.

–Yo conozco… conocía tu reputación. Sabía que para ti aquello no significó nada. No quería que pensaras que iba a perseguirte o algo así.

–Pero el que llamaba era yo.

Meredith sacudió la cabeza.

–Josh, conozco mis… limitaciones. Y no soy tonta. De no ser porque nos quedamos allí atrapados, jamás te habrías acostado conmigo.

–En eso tienes razón.

Meredith tragó saliva y asintió.

–Porque jamás me hubiera atrevido a invitarte a salir.

–¿Qué? Pero si nunca te fijaste en mí

–¿Por qué crees que hice el amor contigo? –dijo él, inclinándose hacia delante, incapaz de resistirse a la tentación un minuto más.

Tenía que besarla, sentir la caricia de los labios femeninos en los suyos, tomarla entre sus brazos…

–¿Por aburrimiento? –sugirió Meredith, encogiéndose de hombros.

Y con esa respuesta, levantó la tapa de una de las latas de atún y la vació en un cuenco.

El hechizo se rompió y la realidad se interpuso de nuevo entre ellos.

¿En qué estaba pensando?, se reprendió Josh para sus adentros. ¡Había estado a punto de besarla! ¿No se daba cuenta de que el pasado era pasado y que no se podía permitir el lujo de coquetear con Meredith Cartwright?

–Nunca le contaste a tu hermana lo que pasó aquella noche, ¿verdad?

Meredith negó con la cabeza.

–¿Por qué no?

–Fue algo entre tú y yo. Algo especial, muy personal. ¿Qué dijeron tus amigos cuando se lo contaste? –preguntó ella a su vez.

–Nunca hablé de ti con mis amigos.

–¿Por qué no?

–Nunca habló con nadie de las mujeres con las que estoy.

–Oh.

–Perdona –dijo él. No debía haber sacado el tema. Hablemos de otra cosa.

Meredith continuó removiendo la sopa de champiñones en silencio, con la misma naturalidad con la que dirigía un conglomerado empresarial. Era evidente que se encontraba tan cómoda en aquella cabaña perdida en las montañas como en la enorme mansión familiar.

–Te admiro, Meredith –dijo Josh, tras un silencio.

Meredith se detuvo y lo miró, perpleja.

–Lo que has hecho con la empresa –añadió él rápidamente.

Una expresión de alivio cruzó el rostro femenino. Acto seguido, Meredith continuó removiendo la sopa.

–Seguro que a ti te cocina cada noche una mujer diferente.

–¿Por qué dices eso? –preguntó él–. Ha pasado mucho tiempo, y la gente cambia –añadió, serio.

–¿Así que ya no te acuestas cada día con una mujer diferente?

–Nunca fue así.

–Más o menos.

Josh se encogió de hombros.

–Siempre me han gustado las mujeres. Y siempre me ha gustado el sexo.

«Especialmente contigo», quiso añadir en voz alta, pero no lo hizo.

Ella se sonrojó y se concentró en la cazuela

–¿Te acuerdas de la Fiesta del Blanco y Negro? –preguntó él.

–Claro. Tú fuiste con Lauren Hughes. Yo era la única que no tenía pareja, así que fui a dar una vuelta por la casa y termine en la biblioteca.

–Y allí fue donde te encontré yo –dijo él. Lo recordaba como si hubiera sucedido el día anterior. Pasaron horas hablando sobre las ventajas e inconvenientes de llevar un estilo de vida como el que defendía Thoreau–. Pensé que aquella noche habíamos conectado. Pero al día siguiente, cuando me acerqué a ti, me trataste con total indiferencia, y me di cuenta de que estaba equivocado, de que no tenías el mínimo interés por mí.

–Hasta que te contraté para una clase particular –sonrió ella, como si agradeciera las palabras masculinas pero no acabara de creerlas.

Josh dio un paso hacia ella.

—No quería ponerte en evidencia —dijo—, pero no tenías que fingir un esguince en el tobillo. De todos modos hubiera intentado seducirte antes del final de la clase.

—¿Te diste cuenta de que no era verdad?

—Desde luego. Igual que ahora sé que esta vez sí es en serio —respondió él, señalando el tobillo con un ligero movimiento de cabeza.

Meredith intentó darle la espalda, pero él la sujetó y la obligó a mirarlo.

—A lo que voy —dijo mirándola a los ojos—, es que entonces eras, como ahora, una mujer hermosa e inteligente. ¿Cómo no me iba a sentir atraído por ti?

Meredith se soltó de él y fue cojeando hasta el sofá, donde se sentó.

—Te debo una disculpa por mi comportamiento de entonces —dijo—. Debí haber contestado a tus llamadas. Lo siento.

—No busco una disculpa, sólo una explicación —dijo él—. Ya no importa. Ahora todo ha salido bien. Tú sales con alguien y eres feliz...

Pero Meredith parecía de todo menos feliz. Quizá la relación con ese hombre no fuera tan seria como ella había dado a entender. O quizá no la tratara como ella se merecía. Quizá cuando le habló de las desastrosas experiencias de las mujeres de su familia con los hombres se refería también a ella.

—Vamos a cambiar la venda —dijo él, acercándose al sofá.

—Puedo yo —dijo ella.

—No importa —dijo él, arrodillándose a su lado.

Despacio y con sumo cuidado, como si tuviera todo el tiempo del mundo, fue descubriéndole el tobillo. Le gustaba tenerla tan cerca, cuidar de ella.

–Tiene mucho mejor aspecto –dijo, pasándole los dedos por la base del tobillo.

La miró y vio que Meredith cerraba los ojos, como si disfrutara de las caricias de sus dedos. Sus caricias.

Sacó otra bolsa de hielo y la envolvió de nuevo en el tobillo con la venda. Le sorprendió la ternura de sus sentimientos. E incluso la punzada de remordimiento que lo embargó. Quería ser sincero con Meredith. Quería decirle la verdad sobre quién era y por qué había vuelto. No podía soportar por más tiempo seguir manteniendo aquella ridícula farsa.

–Tengo que decirte una cosa.

En ese momento, la radio de onda corta le interrumpió:

–Responde, Josh, ¿me recibes?

Josh dio un salto, como si le hubieran sorprendido in fraganti. Se pasó los dedos por el pelo y murmuró:

–Maldita sea.

Meredith no volvió a respirar hasta que Josh le dio la espalda. ¿Qué estaba ocurriendo entre ellos? Hubiera jurado que Josh había estado a punto de besarla.

–Sí, aquí –oyó la voz de Josh respondiendo al micrófono.

–Josh, aquí hay un tal Tom Jenkins que quiere hablar con Meredith. Dice que trabaja para ella.

¿Tom Jenkins, Speed? El novio imaginario interrumpiendo a los amantes imaginarios. Meredith notó que le ardía la cara de vergüenza.

–Vale –respondió Josh–. Ella está aquí mismo, ahora se pone.

Josh colocó una silla junto al micrófono para que Meredith se sentara.

–¿Diga? –dijo ella al micrófono.

–Meredith –dijo una voz masculina desde el otro lado–. Soy Tom. Escucha, tenemos un problema. La compañía fantasma ha incrementado la oferta. Mejor dicho, la ha duplicado.

–¿Cómo lo sabes? –preguntó ella, palideciendo.

–Ha llamado Duran. Dice que esta otra empresa le está poniendo muy difícil dar prioridad a los contactos familiares.

A Meredith se le hundió el corazón. Entendía perfectamente la insinuación de Duran. Que el producto seguía siendo suyo, pero que les costaría mucho más caro.

–Tom, escúchame bien. No hagas nada hasta que yo vuelva, ¿de acuerdo?

–¿Cuándo será eso?

–Probablemente esta noche –respondió ella.

–De acuerdo.

–Eh, Josh –sonó de nuevo la voz del guarda forestal–, no hagas ninguna tontería, ¿vale? Te llamaré por la mañana.

–De acuerdo –dijo Josh, y cortó la comunicación. Después la miró–. Vaya, qué cariñosa has estado con tu novio.

Meredith ignoró el comentario.

–No puedo quedarme aquí –dijo–. Han surgido problemas en la empresa y me necesitan.

–Tienes un esguince, y además está atardeciendo. No vamos a esquiar montaña abajo en la oscuridad –dijo él.

–¿Por qué no? –insistió ella–. Para ti no sería la primera vez.

Era cierto. Todo el mundo sabía que en alguna que otra ocasión Josh, a quien siempre le había atraído el riesgo y el peligro, había esquiado en la oscuridad de la noche.

–Hace mucho que no lo hago.

–Te lo pagaré. ¿Cuánto quieres? ¿Mil dólares? ¿Más?

–¿Hasta dónde estás dispuesta a llegar? –preguntó Josh dando un paso hacia ella, tan cerca que Meredith pudo sentir su aliento en la mejilla.

–Haré cualquier cosa.

–¿Cualquier cosa? –preguntó él, acariciándole la mejilla con los dedos.

¿Qué estaba insinuando? ¿Quería acostarse con ella? ¿Tan terrible sería? Podían hacerlo y después seguir cada uno por su camino. Como la vez anterior.

–De acuerdo.

Josh se inclinó hacia delante. Meredith pensó que iba a besarla y cerró los ojos.

–Olvídalo –le susurró él al oído.

Meredith abrió los ojos de par en par. Josh la miraba con total desprecio.

–No te detienes ante nada para conseguir lo que quieres, ¿verdad? –dijo él con dureza–. ¿Así es como has llegado tan lejos, Meredith? ¿Ofreciendo tu cuerpo para hacer el trato más atractivo?

Meredith lo abofeteó indignada.

–¡Cómo te atreves!

Josh movió la cabeza, fue por su cazadora y salió de la cabaña.

Meredith se hundió en el sofá, humillada. Él tenía razón. Se había portado como una vulgar prostituta. Aunque lo había hecho por todo lo que sentía por él.

Oh, no. Todavía seguía enamorada de él. Después de tantos años sin verlo, sin hablar con él, y cuando estaba cerca de él ella seguía deseando arrancarse la ropa y meterse en su cama. Cada vez que la tocaba o la rozaba, una oleada de placer y deseo recorría su cuerpo de arriba abajo. Y cada vez que la miraba a los ojos y le hablaba, ella sentía ganas de besarlo.

Tenía que olvidarse de él y concentrarse en la situación de la empresa. Tenía que bajar a la ciudad, y cuanto antes mejor.

Josh recogió las ramas y echó a andar de regreso a la cabaña. Había oído comentar que Meredith era una astuta mujer de negocios, pero jamás pensó que ofreciera su cuerpo para conseguir sus objetivos. La joven virgen y puritana que él conoció ya no existía. Ahora era una mujer sin orgullo ni dignidad.

¿Qué pensaría si supiera que él era el causante de su desesperación? Si su novio hubiera esperado unos minutos a llamar, ya lo sabría. Pero ahora Josh se alegraba de no haber tenido la oportunidad de decírselo.

En cualquier caso, no pudo evitar sentir lástima por ella. Meredith estaba a punto de perder lo que más quería en el mundo. Su empresa.

Josh abrió la puerta y entró en la cabaña. Estaba vacía. Miró al lugar donde había dejado los esquís. No estaban.

«*Merde*», maldijo para sus adentros. Apagó la chimenea, se puso los esquís y salió de nuevo fuera. No le importaba que Meredith perdiera su empresa. Pero no quería que perdiera la vida.

Capítulo Cinco

Josh alumbró con la linterna la nieve que se extendía ante él. El viento había borrado parte del rastro de los esquís de Meredith, pero todavía se podía seguir. Esquió todo lo deprisa que pudo, consciente de que si Meredith había sido incapaz de descender por la montaña a plena luz del día, de noche corría serio peligro. Estaba dispuesta a jugarse la vida, ¿y para qué?

Era evidente que Meredith era una mujer única, fuerte y con una gran determinación. Y si él no hubiera salido furioso de la cabaña, ahora estaría en la cama con ella, haciéndole el amor.

Sin embargo, él la había insultado y humillado. Había ido demasiado lejos.

En parte el responsable era él, por haber aumentado la oferta aquel mismo día, sabiendo que ella estaría en Bear Mountain con él y que no podría hacer nada.

Si le ocurría algo, el responsable sería él, y no se lo perdonaría jamás.

De repente la vio, sentada en el suelo con la cara entre las manos.

Al verla, toda la cólera que le había embargado se desvaneció. Aquella no era una persona capaz de comerse el mundo. Era una mujer vulnerable a quien la montaña acababa de dar una dura lección.

—Meredith —dijo, inclinándose a su lado.

—He sido una tonta, lo sé —dijo ella.

—Sí. Tienes suerte de que te haya encontrado —dijo él, sujetándola del codo para ayudarla a levantarse.—. Vamos a dejar una cosa clara. No nos iremos hasta que yo lo diga.

Meredith estaba demasiado aturdida para hablar.

Josh sacó un trozo de carne seca y una botella de agua y la obligó a comer.

—Estás gastando muchas calorías y te vas a quedar sin fuerzas —dijo él—. También tienes que beber.

Antes de pasarle la botella, Josh bebió un trago. Meredith la tomó y limpió el borde antes de beber. Él arqueó una ceja, divertido.

—¿Preocupada por los gérmenes? —preguntó.

Meredith se encogió de hombros y le devolvió la botella. Él se rió antes de beber otro trago.

—Eres una princesa, Meredith.

Tardaron más de una hora en regresar a la cabaña. Una vez allí, Josh la ayudó a tenderse en la cama antes de llamar de nuevo por radio a los guardas forestales. Éstos los informaron de que no podrían rescatarlos al menos hasta la mañana siguiente.

—¡Espera! —dijo ella, cuando Josh iba a cortar la comunicación—. Necesito que le den un mensaje a Tom Jenkins.

Meredith les pidió que comunicaran a Tom la

decisión que había tomado: iban a hacer una contraoferta y estaba dispuesta a adelantar la mitad del dinero en metálico. Cuando terminó, apoyó la cabeza entre las manos.

Sabía que aquella decisión movilizaría a todo el personal de la empresa, que trataría de vender activos para conseguir liquidez, y también era consciente de que podía provocar su hundimiento definitivo, pero necesitaba el producto de los Duran y no iba a permitir que se lo quitaran delante de las narices.

–Eh –dijo él, poniéndole la mano en la nuca–, ¿te encuentras bien?

Ella lo miró, con los ojos empañados por las lágrimas.

–Sí. Es que… he tomado un gran… riesgo. Nada más.

–¿Estás vendiendo activos?

Ella asintió.

–No me queda otra alternativa. Necesito ese producto para salvar la empresa, y lo tenía casi en las manos.

–¿Gracias a Carly?

Ella se levantó y cruzó los brazos, mirándolo a los ojos.

–Sé que crees que soy una canalla egoísta, pero siempre he trabajado mucho. Lo he dado todo para salvar el buen nombre de mi familia y recuperar la confianza de nuestros accionistas, pero ahora me parece que todo ha sido en vano–. Hizo una pausa, y reprimió las lágrimas que se asomaban a sus ojos–. Pienses lo que pienses, quiero mucho a mi hermana y jamás la animaría a hacer algo en contra de su voluntad. Jamás.

Esta vez Josh la creyó.

–Siéntate en la cama –le ordenó. Te traeré algo de comer.

Encendió el horno para calentar el estofado que Meredith había preparado antes y pensó en qué la habría llevado a tomar la decisión de descender la montaña cuando ya era casi de noche. Su oferta. Y su ayudante no tardaría en hacer otra más. Josh le había dado órdenes de que hiciera una nueva oferta más alta a las cinco de la tarde.

Eran casi las cuatro. Sabía que si Meredith se enteraba era muy capaz de volver a arriesgar su vida una vez más. Y él no podía permitirlo. Tenía que ponerse en contacto con su oficina para cancelar sus propias órdenes, al menos hasta que los dos estuvieran de regreso en Aspen.

–¿Te preparo la bañera? –preguntó, señalando con la cabeza la puerta del cuarto de baño.

–No, gracias –dijo ella, agradeciendo el interés con una sonrisa–. Pero no me importaría darme una ducha.

Josh le tendió la mano, que ella aceptó sin remilgos, y la ayudó a ponerse en pie.

–Por cierto, te debo una disculpa –dijo Meredith.

–¿Por?

–Por haber puesto tu vida en peligro –dijo ella–. Debía haber pensado que saldrías a buscarme. Ha sido muy egoísta e inconsciente por mi parte y lo siento.

–Ya te has disculpado antes. De todos modos, para eso me pagas, ¿no? Para que te devuelva a la ciudad sana y salva.

—No creo que arriesgar la vida fuera parte del trato.

—Cierto —asintió él—. Quizá debería cobrarte extra por ello.

Meredith suspiró profundamente. Los últimos rayos del sol del atardecer que se colaban por la ventana la iluminaban dándole un aspecto cálido y acogedor, y Josh sintió ganas de besarla. Pero no podía. Tenía que cancelar la oferta antes de que fuera demasiado tarde.

—Pasa —dijo abriendo la puerta del cuarto de baño—. Ahí hay toallas. Llámame si necesitas ayuda.

—Gracias. Creo que puedo sola.

Josh volvió a llamar al guarda forestal y le pidió que enviara un mensaje a su ayudante: no hacer nada hasta nueva orden. Sabía que estaba corriendo un riesgo, ya que él quería el producto tanto como Meredith, pero lo que no quería por nada del mundo era que Meredith volviera a poner en peligro su vida.

Estaba encendiendo unas velas para iluminar la cabaña cuando la puerta del baño se abrió y apareció Meredith envuelta en una toalla.

—Perdona, ¿puedes alcanzarme la mochila? —le pidió—. Creo que llevo algo de ropa limpia.

Josh permaneció inmóvil unos segundos, incapaz de pensar en nada que no fuera en el cuerpo desnudo de Meredith bajo la toalla.

—Está allí, en el sofá —dijo ella.

Josh se la dio. Al alcanzarla, una de las esquinas de la toalla se abrió, pero Meredith cerró la puerta y Josh no pudo ver nada más.

Tragó saliva. Maldita fuera. Se imaginó el cuerpo femenino como si lo estuviera viendo: el vientre suave y liso, los senos grandes y erguidos, las piernas largas y esbeltas. ¿Qué le pasaba? Sacudió la cabeza como para borrar aquellas imágenes de su mente y se concentró en poner la mesa y servir los platos hasta que Meredith salió del cuarto de baño. Llevaba un par de pantalones de seda que le ceñían las piernas como una segunda piel y un suéter de cuello alto también ajustado que le marcaba perfectamente las curvas de la parte superior del cuerpo.

–Gracias –dijo, señalando la mesa–. ¿Hablabas con alguien?

Josh se detuvo. ¿Le habría oído?

–He llamado para saber el tiempo que hará mañana.

–¿Y?

–Nevará un poco, pero no hará tanto viento.

–Bien, así podrán venir a recogernos.

–A menos que decidas dar otro paseo nocturno por la montaña –dijo él.

Meredith sonrió.

–Te lo prometo. He aprendido la lección.

Maldita fuera, era preciosa.

Josh se obligó a mirar hacia otro lado.

–Podemos comer cuando quieras.

–Qué bonito –comentó ella–. La chimenea encendida, las velas. Muy ro… –se interrumpió bruscamente.

Josh sabía lo que iba a decir. Muy romántico.

–No es un restaurante de lujo –dijo él.

–Eso me da igual. Casi siempre pido comida para llevar.

–¿Tu novio no te lleva a cenar por ahí?

Meredith desvió la mirada.

–Normalmente como en mi despacho, a no ser que tenga una reunión o una comida de negocios.

–No suena muy divertido.

–No lo es –se sinceró ella, mirándolo.

Josh asintió. Su caso era muy similar. ¿No hacía la mayoría de las comidas solo, en la mesa de su despacho?

–Empieza –dijo, señalando el plato.

Los dos se sentaron a la mesa, iluminados por las llamas de la chimenea encendida y las velas que Josh había distribuido por la sala.

–Seguro que mi madre y Carly están preocupadas por mí –dijo Meredith.

–Saben donde estás. Y prefieren que nos quedemos en un lugar seguro a que nos arriesguemos a bajar –dijo él, tranquilizándola.

–Sí.

–Dime, ¿qué piensa tu madre del tipo con quien se va a casar Carly?

–Mi madre lo adora –dijo Meredith–. Es un hombre estupendo. No se parece en nada a los novios anteriores de mi hermana.

–¿Los chicos malos de las mujeres Cartwright? –dijo él, recordando una conversación anterior.

–Nosotras lo llamamos la maldición Cartwright. Mi abuela se casó con un hombre que fue incapaz de serle fiel…

–¿Tu abuelo?

–Sí –Meredith suspiró–. Y seguro que has oído cómo murió mi padre.

Sí. Josh sabía que su padre había fallecido en la cama de su querida.

–Y mi padrastro… –continuó ella, sin esperar respuesta–. Bueno, ya te he hablado de él.

–Es decir, que tu madre y tu abuela tenían pésimo gusto para los hombres. Eso no es una maldición.

–Mi madre así lo creía.

–Pero nunca se divorció de ninguno de sus maridos.

–Los amaba. Ésa es la maldición

–Tuvo que ser muy duro para ti, ver lo mal que trataba a tu madre, una mujer tan fuerte y capaz.

–Con ella he aprendido una cosa –le confesó ella–. Que el amor es algo que no puedes controlar. Si te enamoras de la persona equivocada, estás perdido. El amor no es más que un capricho del destino.

Josh estaba intrigado. Aquellas palabras eran más propias de una joven inocente y herida que de una mujer que dominaba el arte de la seducción.

–¿Y Tom? ¿También es parte de la maldición?

Meredith desvió los ojos e hizo una pausa antes de responder.

–No, él no –y sin darle opción a seguir preguntando, Meredith pasó a la ofensiva–. ¿Y tú, estás maldito en el amor?

–No, no creo que esté maldito –dijo él–. Es sólo que no tengo a mi lado a ese alguien especial.

–¿Crees que encontrar a ese alguien especial, estar en una relación monógama, te hará feliz? –preguntó ella.

–Sí –dijo él–, lo creo. ¿Te sorprende?

–Un poco, sí. No sé, al menos antes tenías una reputación muy distinta.

–¿Soy uno de esos chicos malos que te preocupan?

Meredith se echó a reír. Empujó la silla hacia atrás, se levantó y recogió su plato.

Josh la sujetó por la muñeca, deteniéndola.

—Entonces ¿por qué estamos aquí? ¿Por qué me pediste que te llevara a esquiar?

—Te lo dije, quería un curso intensivo…

—No. Hay muchos profesores. Hace diez años que no nos vemos, así que contéstame. ¿Por qué me lo pediste, después de todo este tiempo?

Ella se soltó y dejó el plato en la encimera.

—No lo sé. ¿Por qué accediste tú a venir?

Él la siguió y dejó el plato junto al de ella.

—Tenía curiosidad.

—¿Curiosidad?

—¿Por qué quiere Meredith Cartwright estar a solas conmigo?

—Te lo he dicho. Voy a ir a esquiar con mi novio.

Josh recorrió la esbelta mano femenina con el dedo y le acarició los dedos.

—Tengo que hacerte una confesión, Meredith —dijo, sin dejar de acariciarle los dedos—. Me gustas.

—No tienes que decir eso.

—Es cierto, lo creas o no. Estoy aquí, ¿no?

Josh la besó en la mejilla. Ella giró la cabeza hacia él y él le sujetó la barbilla y la besó suavemente, con delicadeza. Recorrió el interior de la boca femenina con la punta de la lengua, explorándola tentativamente.

¿Qué estaba ocurriendo? Meredith sentía como si todo su mundo fuera a estallar. Sabía que debía detenerse, pero no pudo. La mano masculina se deslizó bajo el suéter, buscando un pezón. Lo encontró y lo acarició con los dedos.

–Meredith –susurró él con una voz ronca y sensual.

Meredith sabía que aquello estaba mal, pero no se pudo reprimir. Llevaba demasiado tiempo haciéndolo.

–Meredith –dijo él, separándose unos centímetros–. ¿Qué te pasa?

–Nada.

–¿Es por Tom?

De repente Meredith vio a Tom, un hombre de más de sesenta años, calvo, con treinta kilos de más… Deseó no haberse inventando la ridícula excusa de su novio, y no quería que Josh pensara que ella era de las que se acostaba con cualquiera a la primera de cambio. Quería que supiera exactamente cómo era.

–En realidad Tom no es mi novio.

–¿No?

–No –dijo ella–. Sólo lo…

–No importa, Meredith –dijo él, besándole el cuello–. No tienes que explicarlo.

–Hay algo que debes saber –continuó ella–. Y que quizá te haga cambiar de idea respecto a mí.

–¿Qué?

–No… no me he acostado con nadie desde… desde… desde la ultima vez que estuvimos aquí.

Josh frunció el ceño.

Ya estaba, ya se lo había dicho. Ahora Josh la vería como ella se veía a sí misma, como un bicho raro. Una mujer con quien nadie quería tener relaciones…

Josh la abrazó con fuerza y la besó intensa y

apasionadamente. Cuando el beso terminó, preguntó:

–¿Por qué no?

–Es que –titubeó ella, casi sin fuerzas para hablar, con el corazón latiéndole salvajemente en el pecho–, he estado… muy ocupada.

Josh le enmarcó el rostro con ambas manos.

–¿Demasiado para hacer el amor?

–No tenía tiempo para entregarme emocionalmente a nadie. No veía cómo separar mi trabajo de mi vida privada.

–¿Y conmigo puedes?

–Me gustaría intentarlo –dijo ella.

Los ojos grises de Josh estudiaron la cara femenina, como si no supiera qué hacer con ella.

–No debía habértelo dicho –dijo ella, intentando librarse de su abrazo, pero Josh la apretó contra su cuerpo con tal intensidad que ella pensó que habían pasado el punto de no retorno.

–Meredith –dijo él roncamente, acariciándole el pelo.

Cuando la besó lo hizo despacio y con cuidado, tomándose su tiempo, como reconociendo y dando la bienvenida a alguien querido y perdido mucho tiempo atrás.

Ella alzó la mano y le tocó la cara. No era un sueño, pensó. Era real, muy real.

Josh le separó los labios con la lengua y exploró el interior de su boca, y Meredith sintió que se le doblaban las rodillas. Aquél no era el beso de un aficionado, si no de un hombre que sabía cómo procurar placer a una mujer.

Meredith arqueó la espalda y le rodeó el cuello

con las manos. Josh la alzó en el aire y la llevó a la cama. Allí la tumbó sin dejar de besarla.

Ella le buscó, atrayéndolo contra su cuerpo, mientras él le acariciaba por encima de la fina tela del suéter. Después lo levantó y liberó los senos femeninos del sujetador. Encontró los pezones con los labios y, turnándose de uno a otro, los besó, mordisqueó y excitó hasta que Meredith estuvo a punto de gritar de placer.

Mientras sus manos se movían para quitarle los pantalones, se detuvo un momento para susurrar:

—Eres preciosa.

Meredith estaba desnuda, pero no sentía el menor pudor. Al contrario, quería que Josh la mirara, quería sentir los ojos masculinos en su cuerpo, quería sentir sus caricias. Ella lo necesitaba, y sujetando una de sus manos, la colocó en la parte inferior del vientre.

No tuvo que decir nada. Él supo exactamente qué era lo que quería.

Josh deslizó las manos entre las piernas separadas y fue buscando y acariciando hasta llegar a la parte más sensible de su cuerpo.

Mirándola a los ojos, buscando indicios de placer en su expresión, Josh la acarició con el dedo, provocando una oleada de placer que recorrió todo el cuerpo femenino. Meredith suspiró, cerró los ojos y se movió contra él.

Él se inclinó sobre ella, acariciándola con la lengua, lenta y suavemente, como la había besado en la boca.

El contacto del aliento masculino en la piel y las expertas caricias de la lengua en su cuerpo hicieron que Meredith no pudiera pensar más que en alcanzar el orgasmo.

—Te quiero dentro de mí, Josh —se oyó gemir en voz baja, a la vez que trataba de desabrocharle el cinturón.

—Aún no —dijo él, agarrándole las manos y estirándolas por encima de su cabeza.

Meredith se sintió totalmente expuesta, con los brazos y las piernas separadas como con ataduras invisibles, mientras él se quitaba la camisa con movimientos tranquilos y sin prisas, como si disfrutara de saber lo mucho que ella lo deseaba.

—No te muevas hasta que yo te lo diga —dijo él—. No puedo dejar de mirarte —susurró admirándola desde su altura, antes de sentarse al borde de la cama junto a ella.

Meredith luchó contra sus instintos y mantuvo las manos alrededor de los postes de la cama, tal y como él se las había colocado. Se sentía peligrosamente vulnerable, pero la vulnerabilidad no hacía más que aumentar el erotismo.

Estaba claro que Josh no iba a precipitar las cosas. Era un hombre que se sentía tan a gusto en el dormitorio como en las pistas de esquí. Le enmarcó la cara con las manos y la besó. Una vez más, deslizó la lengua dentro de la boca femenina. Instintivamente, Meredith soltó una de las manos para acariciarlo, pero él volvió a colocarla inmediatamente en el poste.

Los dedos masculinos recorrieron el cuerpo de Meredith, acariciándola y explorándola como si fuera una delicada estatua. Mientras deslizaba una mano entre sus piernas, le tomaba un pezón entre los labios.

–Por favor –suplicó ella–. Ahora.

–Mírame –dijo él, moviéndose sobre ella.

Cuando sus ojos se encontraron, la penetró.

Meredith arqueó las caderas hacia él y continuó mirándolo a los ojos mientras él se movía en su interior. Esta vez Meredith no sintió ningún dolor. Era como si sus dos cuerpos encajaran perfectamente.

Josh se movía despacio dentro de su cuerpo, y ella seguía sujeta a los postes de la cama, totalmente excitada y desinhibida, anticipando el estallido final.

La sensación continuó mientras él se frotaba contra ella. Las manos femeninas se sujetaban con fuerza a los postes, y los dedos estaban blancos por la presión. De repente… de repente…

El cuerpo de Meredith se fundió en un estallido de placer que recorrió su cuerpo por primera vez en muchos años, y los dos se abrazaron con pasión mientras una oleada de fuego líquido los envolvía por completo.

Meredith abrió los ojos. El peligro en los ojos masculinos había desaparecido y en su lugar había una cálida expresión de ternura.

Ninguno de los dos habló. Permanecieron tendidos en la cama, en silencio. De vez en cuando Josh le acariciaba el brazo o la frente con la mano. Y de vez en cuando ella lo miraba, para asegurarse de que aquello no era sueño, sino que era real, muy real.

Al cabo de un rato, él se incorporó ligeramente y apoyándose sobre un codo le preguntó:

–¿Te encuentras bien?

El sonido de la voz masculina hizo volver a Meredith a la realidad. De repente recordó la razón de estar allí. Carly.

—Sí —dijo.

¿Y si Carly estaba enamorada de Josh? ¿Cómo se lo explicaría a su hermana?

—Cierra los ojos —dijo él, estirándose—. Procura no pensar.

Meredith cerró los ojos. Cuando el sueño la invadió, se dejó llevar.

Josh permaneció despierto, contemplando a la mujer que dormía a su lado. Unos mechones de la frondosa melena castaña enmarcaban el hermoso rostro femenino, más radiante aún si cabe después de hacer el amor. Meredith suspiró ligeramente, y Josh sintió cómo su cuerpo anhelaba hacerla suya de nuevo.

¿Qué había hecho?

Estaba en mitad de un complicado acuerdo empresarial y se acababa de acostar con el postor rival. Todavía peor, ella no tenía ni idea de quién era él. Él la había engañado.

Tenía que decírle a Meredith quién era. Era lo mínimo que podía hacer.

¿Cómo había perdido el control así? ¿Fue al oír que él había sido su único amante? Lo cierto era que Meredith le gustaba desde la noche que pasó con ella hablando en la biblioteca de una fiesta a la que ambos habían sido invitados, aunque pensaba que el tiempo habría rebajado la intensidad de sus sentimientos hacia ella. Sin embargo, no había sido así.

La atracción era mucho más intensa.

Si ella hubiera adoptado una actitud fría y distante, él se habría reprimido, pero cuando la vio casi con lágrimas en los ojos por tener que vender los activos de la empresa….

Era una mujer dura y tierna a la vez, que se había abierto ante él y le había dejado ver lo vulnerable que podía ser. Y él, muy a pesar suyo, quería que Meredith confiara en él, que lo quisiera.

Más le valía no hacerse ilusiones. Porque una vez que Meredith se enterara de quién era, no querría saber nada de él.

Y era una lástima. Porque él estaba empezando a conocerla y entenderla.

A Meredith la aterraba el amor, la aterraba perder el control. Por eso había planificado cuidadosamente su primera experiencia sexual. Si había perdido su virginidad con él, no era porque él le gustara, sino porque con él no corría ningún riesgo. Todo el mundo sabía que no era de los que entablaban relaciones serias.

¿Por qué no se había acostado con nadie desde entonces? Había muchos hombres únicamente interesados en el sexo. ¿O le había esperado a él? ¿Por qué?

Se pasó los dedos por el pelo. Aún cabía otra posibilidad, una que no le hacía ninguna gracia. Que todo fuera mentira, que Meredith supiera exactamente quién era, y que la excursión formara parte de una estrategia corporativa para derrotarlo.

En el fondo, lo dudaba.

No. Él había visto a la verdadera Meredith, estaba seguro. Era inteligente, leal y amable. No se merecía que le mintieran, y menos que lo hiciera el hombre con quien acababa de hacer el amor.

Tenía que contarle la verdad. Que era el dueño de Europrize.

Y que era su enemigo.

Capítulo Seis

Meredith abrió los ojos. La cabaña estaba a oscuras, a excepción de la luz que emitían las llamas de la chimenea. Se sentía embargada de una agradable sensación de satisfacción. Hacer el amor con Josh había sido mucho más de lo que había esperado, y la espera había merecido la pena.

Estiró la mano, pero la cama estaba vacía.

–¿Josh? –susurró.

No obtuvo respuesta. Se envolvió con la colcha y fue hasta el cuarto de baño, que tenía la puerta abierta.

–¿Josh?

Tampoco. ¿Dónde se habría metido? Abrió la puerta principal y lo encontró sentado en los escalones del porche.

–Hola –dijo él, sin volverse.

–¿Qué haces?

–Pensar–. La miró y sonrió–. No he seguido mi propio consejo.

–¿Quieres compañía? –preguntó, saliendo al exterior de la cabaña.

Necesitaba estar junto a él, tocarlo.

–No –dijo él, poniéndose en pie–. Hace frío, ya entro yo.

Hacía frío, pero la vista del cielo iluminado por la luna y miles de estrellas diminutas en contraste con la nieve que cubría las montañas era espectacular.

–Quédate –dijo ella.

Meredith entró a buscar su cazadora, se la puso por los hombros sin quitarse la colcha y volvió a salir.

Josh la sujetó de la mano y la ayudó a sentarse a su lado en el escalón. Después la abrazó y la apretó contra él.

–Pensé que te habías ido –dijo ella, medio en broma.

–¿Sin ti? –dijo él–. Nunca haría una cosa así.

Ella lo miró a los ojos y sintió una punzada de dolor en el corazón. Esperaba aquella reacción, sabía lo que Josh estaba pensando. No quería compromisos. Ella se había sincerado con él y le había dicho cosas que no hubiera debido, y ahora a él le preocupaba que una mujer que había esperado diez años para mantener relaciones sexuales no se tomaría muy bien un rechazo.

–No te preocupes por mí –dijo ella–. No espero nada.

Josh titubeó un segundo.

–Meredith, no es eso.

Ella lo tomó de la mano.

–Entonces ¿qué pasa?

Josh se llevó sus manos a los labios y las besó.

–No he sido sincero contigo. Y temo que puedas haber hecho algo de lo que te arrepientas –dijo él. Le tomó la barbilla con el dedo y la obligó a mirarlo a los ojos–. Conozco la empresa que ha hecho una oferta por Durasnow.

–¿Cómo lo sabes?

–Porque es mía.

Meredith se echó hacia atrás, sonriendo. Así que, además, Josh tenía sentido del humor.

—Bromeas.

Josh se tensó visiblemente.

—Soy el dueño de Europrize, Meredith. La otra compañía interesada en Durasnow.

—No —dijo ella tras un silencio—. Tú eres profesor de esquí.

—Hace años que no doy clases.

—Pero en Suiza…

—Allí es donde vivo. Y donde está la sede de mi empresa.

Meredith no podía pensar. No era verdad. No podía serlo. ¿Cómo no lo había sabido? ¿Ni ella ni Carly?

—Cuando dejé Aspen fui a estudiar a Londres. Descubrí que la tecnología se me daba bien y empecé a diseñar videojuegos y venderlos. Más tarde fundé mi propia compañía —le explicó él—. Hace un par de años empecé a diversificar y compré un complejo de esquí en Suiza. Las cosas fueron bien, unas cosas llevaron a otras y compré varios más.

—No lo entiendo —dijo ella—. ¿Por qué no me dijiste quién eras cuando te pedí que me llevaras a esquiar?

—Tenía que haberlo hecho, lo sé. Pero pensé que a lo mejor tú sabías quién era, y sentía curiosidad por saber por qué me habías invitado a Bear Mountain.

Meredith se levantó. Era como si se hubiera convertido en piedra. Acababa de entregar su cuerpo al hombre que intentaba destruirla.

—Lo siento —le oyó decir.

Él era quien había duplicado la oferta por Durasnow, a sabiendas de que ella no podría hacer nada, y ella había caído en la trampa.

—Querías quitarme de en medio para que no pudiera hacer ninguna contraoferta, ¿no? —le espetó ella—. Por eso no tenías ninguna prisa por volver a Aspen.

—Eso no es cierto —dijo él, levantándose—. Volví a Estados Unidos para negociar contigo, y pensé que Carly podría negociar un acuerdo entre los dos.

—¿Carly? ¿Y por qué no hablaste conmigo directamente?

—Porque pensé que no querrías negociar conmigo. Escucha, cuando me pediste que te llevara a esquiar, me sentí halagado. Una parte de mí pensó, no, esperó que quisieras estar a solas conmigo otra vez.

—Ya no —dijo ella.

Josh apartó la mirada.

—Lo siento.

—Ni la mitad de lo que lo siento yo.

¿Cómo podía haber sido tan tonta? Lo único que le interesaba a Josh era Durasnow.

—Di algo —dijo él sujetándola del brazo.

Ella se zafó de su mano.

—¿Qué quieres que te diga? Estoy impresionado —dijo, entrando en la cabaña.

Se acercó a la cama, recogió su ropa y se metió en el cuarto de baño. Se vistió lo más rápido que pudo.

—Te he infravalorado. Creía que eras un hombre decente, un profesor de esquí, y resulta que eres un pez gordo de los negocios.

—Escucha —dijo él—, lo de hoy no ha sido una mentira. Tengo sentimientos por ti…

Meredith abrió la puerta de par en par.

—No intentes camelarme con estupideces sentimentales —le espetó ella, furiosa—. Me has engañado.

—Mi interés por Durasnow no tiene nada que ver contigo personalmente.

—¿Desde cuando los complejos de esquí buscan productos? ¿Desde cuando las empresas de tecnología…?

—Desde ahora. Mi empresa, Europrize, tiene diversos intereses, y los complejos de esquí son uno de ellos. Durasnow va a revolucionar el sector, y por eso lo quiero. Los Duran te están utilizando para conseguir una contraoferta más alta. Lo creas o no, no he vuelto para hacerte daño. Lo de anoche no habría pasado si no me importaras.

Meredith dio media vuelta en la cama. Aquello era horrible. Peor que horrible.

—Meredith —continuó él—, he vuelto para ofrecerte un trato. Quiero que unamos nuestras fuerzas y compremos Durasnow juntos.

—Ni loca.

—Un mínimo rumor pesimista sobre tu empresa y las acciones se hundirán. Los Duran tendrán que vendérmelo a mí.

Meredith se puso en pie, como impulsada por un resorte.

—¿Me estás amenazando?

Sabía que las acciones de la compañía estaban subiendo en bolsa por la supuesta compra de Durasnow. Si se hacía público que los Duran estaban considerando la oferta de Europrize, el valor de Cartwright en bolsa se desplomaría.

—Estoy tratando de razonar contigo —dijo Josh.

Se acercó a ella y le puso una mano en el hombro–. Piénsalo, Meredith. Podemos ser socios.

–No hay nada que pensar –dijo ella, apartándole la mano–. No somos socios y nunca lo seremos.

Cuando por fin se hizo de día, Meredith se levantó. Apenas había pegado ojo en toda la noche, tendida en la cama completamente vestida, pensando en cómo explicar a su familia y a la junta directiva que había estado esquiando con su enemigo.

Josh, que había pasado el resto de la noche sentado en la mesa, estaba hablando con los guardas forestales por radio.

–Ya vienen –anunció–. Intentarán recogernos en la cara norte de la montaña dentro de dos horas. Dicen que las previsiones meteorológicas no son buenas y que si no salimos de aquí hoy no saben cuándo podrán volver a buscarnos. Tenemos dos horas de ascenso para llegar hasta allí. ¿Crees que podrás hacerlo?

Meredith trató de ignorar el punzante dolor en el tobillo y asintió.

–Mi tobillo está mejor –mintió, pero no le permitió que le echara un vistazo ni que la ayudara a cambiar la venda.

Esperó hasta el último momento para ponerse las botas. Con la cabaña recogida y las mochilas preparadas, se sentó para calzarse. Notaba la atenta mirada de Josh en ella, pero si estaba esperando que confesara el dolor que la atravesó al ponerse la bota en el tobillo lesionado, podía esperar sentado. Meredith estaba dispuesta a hacer lo que hiciera falta para salir de aquella montaña, para alejarse de él.

Dio un paso. ¡Ay! Una oleada de dolor le recorrió la pierna.

«No lo pienses. No lo pienses», se repitió, poniéndose la cazadora y cargándose la mochila a la espalda. Se dirigió hacia la puerta sin molestarse en mirar atrás. No quería volver a ver la cabaña en su vida.

Salió al porche y tropezó. Josh la sujetó, impidiendo que cayera al suelo, y Meredith se colgó de él por instinto, con una mueca de dolor cubriéndole el rostro.

—Está peor —dijo él, mirándole a los ojos.

—Está bien —masculló ella entre dientes.

—No podemos irnos —dijo él—. Llamaré y les diré que…

—¡No!

Josh se volvió, como asustado por la fuerza de la voz femenina.

—Por favor —insistió ella—. Tengo que volver.

Josh miró a su alrededor, sopesando sus opciones.

—De acuerdo. Lo dejaremos todo aquí. Ya enviaré a alguien a buscarlo. De momento, pensemos sólo en subir la montaña.

Tras dejar las mochilas dentro de la cabaña, Josh tomó uno de los brazos de Meredith y se lo pasó por el cuello para que apoyara su peso en él. Después la pegó contra él, prácticamente levantándola del suelo. Así iniciaron el ascenso a la montaña.

Caminaron los dos en silencio, envueltos en la

humedad y el frío invernal. El único sonido que se oía era el rugir del viento helado y el crujir de la nieve bajo sus pies. Meredith trató de ignorar lo agradable que era apoyarse en Josh, tenerlo tan cerca, y dejó que la ira que sentía contra él fuera incrementándose con cada agónico paso que daba ladera arriba. De repente, recordó a su hermana. Seguramente a ella también la había engañado.

–Carly no sabe quién eres, ¿verdad?

–Sabe que no soy profesor de esquí, pero no mi relación con los Duran. No era mi intención ocultar mi identidad, pero cuando me pediste que te llevara a esquiar, pensé que podía ser una estratagema. La verdad es que aún no entiendo por qué te tomaste unos días libres en medio de una negociación tan importante.

Meredith apartó la mirada. Ya era hora de confesarle la verdad.

–Te pedí que me llevaras a esquiar para apartarte de Carly.

Ante la mirada de extrañeza que Josh le dirigió, añadió:

–Eras un… –titubeó un momento, buscando la palabra adecuada–. Un devaneo que tenía que solucionar.

Josh dio un paso atrás. Por un momento se quedó sin habla.

–Quería mantenerte alejado de Carly hasta el regreso de Mark.

–¿Así que no había viaje a esquiar, ni novio, ni necesidad de una clase particular? –preguntó él, confirmando sus sospechas de que tras la invitación de Meredith había una segunda intención–. ¿Y te acostaste conmigo también para distraerme, o sólo para saciar mi sed y que no fuera a por tu hermana? –añadió con ira mal contenida–. Un gran sacrificio por tu parte.

–No pensé que las cosas fueran a llegar tan lejos.

–Cometiste un error, Meredith –dijo él–. Porque yo siempre consigo lo que quiero, y si hubiera querido a tu hermana, nada ni nadie habría podido distraerme.

Meredith se mordió el labio.

En ese momento, Josh divisó el helicóptero dirigiéndose hacia ellos y sacudió los brazos en el aire para llamar la atención del piloto. El piloto se dirigió hacia una zona llana a unos treinta metros. El único problema era que tenían que atravesar una duna de nieve acumulada y Meredith no podía hacerlo en el estado de su tobillo.

–La nieve es muy profunda –dijo Meredith.

–Lo siento, Princesa –dijo él, tras comprobar que Meredith tenía razón–. Parece ser que tú te quedas. Ya te contaré cómo ha ido todo con Durasnow.

–Muy gracioso –gritó ella para hacerse oír por encima del motor del helicóptero–. Eso te encantaría, estoy segura. Dejarme aquí en la montaña…

Sin dejarla terminar, Josh la alzó en volandas y, echándosela al hombro como si fuera un saco de patatas, la llevó hasta el helicóptero. Allí abrió la puerta y la tiró al interior sin ninguna ceremonia. Después subió tras ella.

Meredith mantuvo la cabeza muy erguida y se alejó de él todo lo que pudo. Ambos consiguieron hacer todo el trayecto de vuelta sin decirse ni una sola palabra.

Capítulo Siete

–El plan ha sido un desastre –dijo Meredith a Carly, después de revelarle la verdadera identidad de Josh.

Las dos hermanas Cartwright estaban sentadas en el comedor, tomando té tras la desastrosa excursión a la montaña y después de un breve paso por el hospital para unas radiografías y unas vendas para el esguince de Meredith.

–De desastre nada –dijo Carly–. Has descubierto la identidad de tu rival.

–Pero ¿a qué coste? Sabía que sentías algo por él y no quería que las cosas se estropearan tanto.

–Por favor –dijo Carly–. A mí Josh sólo me interesa como amigo. Es mono, pero nada más. Sólo te lo dije para que salieras con él.

A Meredith se le atragantó el sorbo de té que acababa de tomar.

–Siempre te ha gustado.

–¿Qué dices?

–Lo mío fue una farsa. Lo de coquetear con él y fingir que quería cancelar la boda.

–¿Era una trampa?

La escena en la mesa del comedor, las lágrimas y las acusaciones, ¿todo había sido una farsa? ¿Carly no estaba enamorada de Josh? Meredith suspiró aliviada. Carly sonrió orgullosa.

–Fue idea de mamá.

–¿De mamá?

–Para que pasaras un tiempo a solas con él.

–¿Por qué pensasteis que a mí me interesaba Josh?

Carly se apoyó en el respaldo de la silla y se encogió de hombros.

–Oh, todos sabemos lo que pasó hace años en Bear Mountain.

–¿Todos?

–Tranquila, Meredith. Es un hombre muy apuesto que está loco por ti.

–No es verdad –protestó Meredith– es un playboy.

–Quizá lo fue, pero ya no. Su empresa es enorme. Gana más dinero que tú, y su fortuna no está metida en la bolsa. Tiene liquidez para comprar lo que quiera.

–Como Durasnow. Y me hizo creer que seguía siendo profesor de esquí. Si llego a saber quién era, no… no habría dejado que las cosas llegaran tan lejos.

–En ese caso, casi es mejor que no te lo dijera –dijo Carly, dejando la taza de té en la mesa.

Meredith se levantó sin poder dar crédito a sus oídos.

–¿Cómo puedes decir eso?

–Venga, Meredith –dijo su hermana–. Mírate, tienes treinta y dos años. Ya es hora de que… hagas algo.

–¿Algo?

–Tú ya me entiendes. No te ofendas, pero estás sola.

Meredith se acercó a la ventana. Empezaba a

111

nevar otra vez, y el mundo fuera era hermoso, blanco y limpio.

–No sé, Josh tiene algo –dijo en voz baja–, algo diferente a los demás hombres que he conocido.

–Yo te lo puedo explicar –le aseguró su hermana alegremente–. Es guapo, deportista, encantador…

–Es más que eso –dijo Meredith–. Tiene algo. Una chispa, algo que me atrae como no me ha atraído ningún otro hombre. Es uno de esos «chicos malos» de la maldición. Un playboy y un soltero empedernido.

–Quizá tú seas la mujer destinada a domesticarlo.

–Carly –dijo Meredith, volviéndose a mirarla desde la ventana–. Tu quieres a Mark, ¿verdad?

–Claro –respondió Carly, aunque sin mirarla a los ojos–. ¿Por qué lo preguntas?

–Josh cree que te obligo a casarte con él para poder hacerme con Durasnow.

–Qué tontería –exclamó Carly, poniéndose en pie y dándole la espalda–. Yo quiero a Mark. Al menos eso creo –añadió, girando la cabeza para mirar a su hermana.

–¿Eso crees…?

La realidad se impuso ante Meredith con toda crudeza. Josh tenía razón. Carly se casaba con Mark por ella.

–Oh, Carly.

Meredith cruzó la sala y abrazó a su hermana.

–Lo siento, Meredith –dijo Carly–. Sé que debería estar encantada de casarme con un hombre tan maravilloso como Mark, pero… no sé.

–Cancela la boda, aún estás a tiempo.

–¿Qué dirá mamá? ¿Y la empresa? Las dos sabemos que es la única forma de conseguir el producto de los Duran y...

–No –le interrumpió Meredith–. No hay ninguna garantía. Los Duran siguen negociando con Josh.

–Tienes razón. Yo no puedo casarme con Mark así –dijo Carly–. La única solución es que llegues a un acuerdo con Josh, que le des un porcentaje de Durasnow. ¿Cuándo volverás a verlo?

–Nunca, espero –respondió Meredith tragando saliva, aunque la sola mención del nombre de Josh le aceleraba los latidos del corazón.

–Mañana es el Baile de Máscaras. Todo Aspen estará allí, incluido Josh y los Duran. Tienes que aprovechar para hablar con él y llegar a un acuerdo antes de que se entere de que voy a romper mi compromiso con Mark.

Meredith sabía lo que su hermana le estaba pidiendo. Libertad para poder anular su boda con Mark. Pero, ¿cómo podría soportar ver otra vez a Josh? ¿Y cómo ofrecerle lo mismo que ella ya había rechazado antes?

–Tendrás que decirle que has cambiado de idea – Carly sonrió–. Ya se te ocurrirá alguna manera.

Josh se recostó en el sillón y recorrió con los ojos la suite del hotel que había convertido en un improvisado despacho. Se pasó los dedos por el pelo y dio la espalda al ordenador. No se podía concentrar.

De hecho, desde la última vez que vio a Meredith era incapaz de hacer nada.

¿Cómo se atrevía a acusarlo de querer seducir a Carly por un acuerdo empresarial? ¿Cómo podía creerle capaz de jugar así con los sentimientos de otra persona?

Porque ella sí era capaz.

«Eras un devaneo que tenía que solucionar».

Se dio cuenta de que tenía los puños apretados. Abriendo las manos, ladeó la cabeza de lado a lado, tratando de relajarse.

¿Qué le pasaba? Normalmente las mujeres no lo afectaban así. ¿Por qué con Meredith era diferente? Sólo habían hecho el amor. Sólo sexo en realidad. Nada más.

Pero ¡qué experiencia! Una oleada de excitación lo recorrió al recordar el contacto con su piel, el sabor de sus labios, el estar dentro de ella, como ningún otro hombre había estado jamás. Meredith era suya y sólo suya.

Echó una ojeada a la oferta que tenía ante sí. En ella duplicaba el precio que estaba dispuesto a pagar a los Duran para acabar con aquel asunto de una vez y poder regresar a Suiza y a su vida de siempre.

Entonces, ¿por qué no la había enviado?

La excusa oficial era que los Duran estaban de viaje y él siempre prefería presentar la oferta definitiva en persona para poder cerrar el trato cuanto antes. Pero lo cierto era que los Duran habían regresado aquella misma mañana y la oferta seguía encima de su mesa.

En el fondo tenía la esperanza de que Meredith entrara en razón y quisiera negociar la compra del producto con él; tenía la esperanza de que fueran socios. Era la única forma de salvar Cartwright Enterprises.

Sin embargo, en los dos días desde su regreso de Bear Mountain, Meredith no se había puesto en contacto con él. Y tenía la impresión de que ya no iba a hacerlo.

Se dijo que no le debía nada, que la compra de Durasnow sólo era una decisión empresarial, y que el hecho de que Cartwright Enterprises perdiera el producto no era asunto suyo.

Pero lo era. Por mucho que odiara reconocerlo quería proteger a Meredith. Ella necesitaba el trato y él quería ayudarla.

Quizá aún le quedara una oportunidad.

El Baile de Máscaras que cada año reunía a lo más granado de Aspen, y al que sin duda asistirían los Duran y Meredith.

Esperaría a presentar su oferta hasta después del baile e intentaría hablar con Meredith una vez más.

Por una vez, su corazón mandaba en sus decisiones empresariales.

Capítulo Ocho

Meredith entró en el Salón de Baile Rosewood diez minutos antes de las nueve. De no ser por Carly se habría dado media vuelta, pero ver a su hermana, que iba a enfrentarse a uno de los momentos más difíciles de su vida, tan tranquila y segura de sí misma, la hizo cambiar de opinión.

Normalmente no se maquillaba, pero aquella noche sí lo había hecho. Vestía un traje de noche negro hasta los pies, sin tirantes, y llevaba el pelo recogido en un moño.

–No estés nerviosa –le dijo Carly–. Es sólo por la empresa, recuérdalo. ¿Lo ves?

La mayoría de los presentes llevaban la cara cubierta por una máscara o un antifaz, pero no fue difícil distinguir a Josh. Aunque llevaba el esmoquin de rigor, no se había molestado en ponerse una máscara. En aquel momento estaba hablando con una mujer rubia, a la que parecía prestar toda su atención.

–Está ocupado –dijo Meredith.

Carly miró a Josh y después a su hermana.

–No estarás celosa, ¿verdad? –preguntó con una maliciosa sonrisa.

–Por supuesto que no –dijo Meredith.

–Tienes que interrumpirlo –le ordenó Carly–. Coquetear un poco con él. Yo tengo que dejarte

–anunció–. Porque mis futuros ex suegros me han visto y tengo que ir a saludarlos.

–Decidas lo que decidas, estoy contigo –le aseguró Meredith, dándole un abrazo antes de alejarse de ella.

–Lo sé –dijo Carly, forzando una sonrisa–. Ahora ve.

Meredith dio un par de pasos y se detuvo. ¿Qué le iba a decir? Necesitaba más tiempo. Tenía que salir de allí. Pero justo cuando se dirigía hacia la salida, una voz tras ella dijo:

–Hola, Meredith.

No era Josh, sino Frank Cummings, un dentista que conocía desde hacía años y con quien había salido en alguna ocasión.

–¿Cómo estás, Frank? –preguntó ella, forzando una sonrisa.

–Bien, gracias. ¿Y tú? Ya me he enterado de tu accidente esquiando.

–Estoy bien, gracias. Mi esguince ya va mucho mejor. Frank –añadió rápidamente–, ¿quieres bailar?

Tras librarse de la rubia, Josh se plantó en una esquina del salón y vio cómo un hombre se acercaba a Meredith con cierta mirada en los ojos. Josh conocía aquella mirada y no le gustó.

Maldita sea, estaba celoso.

Incapaz de apartar los ojos de la pareja, Josh vio a Meredith dirigirse a la pista de baile y apoyar la mano en la solapa de su acompañante. Y apretó los puños al ver que el hombre le plantaba la palma de la mano en el trasero.

«Quítale las manos de encima».

Josh se abrió paso entre los asistentes, haciendo caso omiso de los saludos de antiguos conocidos.

–Disculpa, ¿me permites? –dijo, dando una palmadita en el hombro a la pareja de Meredith.

Meredith giró la cabeza, y al verlo quedó boquiabierta un instante.

–Josh, ¿cómo estás? Soy Frank Cummings, ¿te acuerdas de mí?

–Claro –dijo–. ¿Cómo estás?

–Muy bien. Los negocios no podían ir mejor. Eh, ya sé que has vuelto a dar clases de esquí aquí.

–Sólo a quienes estén dispuestos a pagar el precio –respondió Josh mirando a Meredith.

¿Qué le había contado a Frank?

Frank se echó a reír.

–Disculpa –dijo Josh, y deslizando la mano por la cintura de Meredith la apartó de Frank antes de que ninguno de los dos pudiera reaccionar.

Meredith superó la interrupción con el aplomo por el que era famosa. Sin dar señales de extrañeza, dijo:

–No llevas máscara.

–Tú tampoco.

–La llevo en la mano –miró a su alrededor–. ¿Qué ha sido de tu acompañante?

–¿Qué acompañante?

–La rubia con la que estabas bailando.

–No tengo ni idea. No la he visto nunca y no creo que la vuelva a ver.

–Oh.

En el fondo, la revelación de Josh la alivió.

–Gracias por enviarme la mochila.

–De nada –dijo él, y señaló el tobillo–. Veo que estás mejor.

–Casi como nueva –respondió ella–. Es sorprendente lo que puede hacer un cambio de decorado. Por cierto, veo que tú aún no has cambiado el tuyo.

–Aún tengo unos asuntos pendientes en Aspen –respondió él–. Tengo que hablar contigo.

Meredith asintió. Lo miró a los ojos y dijo:

–Y yo contigo.

Josh la sujetó del brazo y la llevó hacia el bar del salón de baile. Pero la sala estaba abarrotada.

–Aquí no podemos hablar –dijo él–. Sígueme, sé dónde estaremos más tranquilos– dijo, y echó a andar hacia los ascensores.

–¿Dónde vamos? –preguntó ella.

–A mi habitación.

Ella se detuvo en seco.

–¿Tu habitación?

–Es una suite que he convertido en mi despacho, tranquila.

Entraron en el ascensor y Josh apretó el botón del ático. Cuando el ascensor se detuvo y las puertas se abrieron, Meredith vio que era una enorme suite, con una exagerada decoración de principios del XIX, con un gusto casi chabacano, que más parecía el salón de un burdel que un hotel de un complejo de esquí.

–Yo no soy el responsable de la decoración –le aseguró él al leer la expresión de su cara–, pero sí del desorden.

Meredith sorteó cuidadosamente las pilas de papeles y documentos amontonados por el suelo y se acercó al enorme ventanal. A lo lejos pudo distinguir la silueta de Bear Mountain.

Se apartó de la ventana. Ya nunca más podría mirar hacia allí sin recordar la intimidad que había compartido con Josh.

Josh la estaba observando con atención.

—¿De qué querías hablarme?

—He estado pensado en tu oferta. La de unir nuestras fuerzas.

—¿Qué te ha hecho cambiar de opinión? —preguntó él con suspicacia—. ¿Acaso Carly se ha liado con otro mientras tú me *distraías*?

¿Cómo se atrevía? Aunque lo cierto era que no andaba muy desencaminado: Carly estaba a punto de romper su compromiso con Mark. Ofendida, Meredith se dirigió hacia el ascensor.

—Esto ha sido un error.

—Siéntate —dijo él en un tono que no admitía excusas.

Meredith se sentó en el sofá.

—¿Quieres tomar algo?

Una copa la ayudaría a calmar los nervios y recuperar la compostura.

—De acuerdo.

Josh fue al armario de los licores y sirvió un par de copas de coñac; después se acercó al sofá y le ofreció una. Meredith bebió un trago. El líquido le ardió en la garganta y tosió.

—Despacio —dijo él.

Ella se llevó el puño al pecho y volvió a toser.

Josh asintió y se llevó la copa a los labios, bebiendo el coñac como si fuera agua. Ella se dio cuenta de que él estaba haciendo un esfuerzo para suprimir una sonrisa.

—Quiero pedirte disculpas por no haberte dicho quién era antes —empezó Josh—. Y siento… haberme aprovechado de la situación en Bear Mountain.

Josh apuró la copa.

—Disculpas aceptadas —dijo ella.

—Permite que te haga una pregunta —dijo él—. Si llegamos a unir fuerzas, por decirlo de alguna manera, ¿crees que podremos relacionarnos a nivel estrictamente profesional?

—Por supuesto.

—¿Incluso con nuestro... pasado?

Ella sonrió cordialmente.

—¿Qué pasado?

—Bien —dijo él. Todo el calor que había en su tono de voz había desaparecido—. Sesenta cuarenta, yo me quedo con la mayoría.

Meredith se recostó en el sofá, suspirando de alivio. La oferta seguía sobre la mesa, y no había tenido que suplicar nada.

—Ni lo sueñes —respondió ella, con una risita.

—Estás cometiendo un error.

—Tu primera oferta era más generosa.

—La siguiente será mucho menos.

—Lo compraré sola —le espetó ella, con orgullo.

Y con ésas se levantó y se dirigió hacia el ascensor.

Llamó al ascensor, pero en un segundo Josh estaba a su lado, inclinado sobre ella y susurrándole al oído:

—No seas tonta, Meredith. Esta guerra no la puedes ganar. Conozco bien los problemas de Cartwright y sé que necesitas este producto para mantener el interés de los inversores. Sin mí, no lo podrás conseguir.

—Carly se va a casar con Mark —mintió ella—. Los Duran no harán nada en contra de su hijo.

—¿De verdad crees que les interesan más las relaciones familiares que el dinero?

Josh hizo una pausa y estudió la expresión del rostro femenino con detenimiento.

—¿Y tú, Meredith? ¿Dejarías que tu corazón se interpusiera en un asunto profesional?

Josh estaba cerca, muy cerca. Demasiado. Meredith le miró los labios, recordando la sensación de tenerlos rozándole la piel, y dejó de pensar. Olvidó por completo la estrategia que había elaborado con Carly. Sólo podía pensar en lo mucho que deseaba besar a Josh. Casi podía sentir sus brazos alrededor de su cuerpo, sus dedos acariciándola, sus...

Tenía que salir de allí, ya.

La puerta del ascensor se abrió. Meredith casi cayó de espaldas en su interior.

Josh sujetó las puerta abiertas, evitando que se cerraran.

—¿Por qué huyes?

—No huyo.

Él titubeó, y una expresión de sorpresa cubrió su cara.

—Aún sigues teniéndome miedo, ¿verdad?

A ella le dio un vuelco el corazón. ¿Miedo? Sí, claro que tenía miedo. No podía estar en la misma habitación que él sin recordar su noche juntos, sin desear sus besos y sus caricias.

Ahora Josh estaba delante de ella, acariciándole la mejilla con una mano.

—¿Por qué?

Meredith cerró los ojos y tragó saliva.

«Mantente fuerte», se dijo. «No sucumbas».

—No te vayas —dijo él, hablando en su cara, acariciándole la mejilla con los labios—. Quédate.

–No puedo –susurró ella.

«Vete», gritaba su mente para sus adentros. «Huye».

–De acuerdo –dijo él–. Pero antes quiero hacerte una última pregunta.

–Está bien.

–¿Por qué hiciste el amor conmigo en la montaña?

–Como tú mismo dijiste, la situación se nos fue de las manos.

–¿Era cierto lo que dijiste de que yo era el único hombre con quien te habías acostado?

–Sí.

–¿Por qué?

–Ya has hecho más de una pregunta –dijo ella, y apretó el botón para cerrar la puerta del ascensor.

–¿Por qué me has esperado todo este tiempo, Meredith?

La pregunta pilló a Meredith totalmente desprevenida. Por un momento no pudo responder. ¿Ella, esperarlo? ¿Había estado esperándolo?

–No fue eso –negó ella–. Es que nunca… se me presentó la oportunidad.

–Me resulta difícil creer que ningún hombre te haya deseado –dijo él.

La mirada masculina descendió lentamente por su cuerpo, deteniéndose en los senos antes de seguir hasta las piernas. Era como si estuviera bebiendo su cuerpo, acariciándola con los ojos.

–Eres una mujer muy hermosa.

–Por favor, calla –suplicó ella.

–Me necesitas, Meredith –dijo él.

¿Se refería a nivel personal o a nivel profesional? Porque lo que sí era cierto era que a nivel profesional lo necesitaba y no podía irse de allí sin llegar a un acuerdo. Por eso salió del ascensor y dejó que la puerta se cerrara silenciosamente tras ella.

—Está bien.

—¿Está bien qué?

—Pensaré en tu oferta.

Josh titubeó un momento. No le hacía ninguna gracia volver a hablar de negocios, pero no lo dejó ver.

—Volvemos a eso, ¿eh? –dijo. Cruzó los brazos al pecho y añadió–: Quiero una respuesta esta noche.

—No puede ser, tengo que consultarlo con la junta.

—¿Desde cuándo escuchas las opiniones de nadie? –le espetó él.

—Si no lo tengo que consultar, tendrá que ser una oferta que aprueben unánimemente. Cincuenta-cincuenta.

Una sonrisa empezó a dibujarse en la comisura de los labios masculinos.

—Eres dura de pelar –dijo él.

—O lo tomas o lo dejas.

—Lo tomo –dijo él, dejando resbalar sus ojos sobre ella otra vez.

Meredith suspiró aliviada. Lo había conseguido. Ya podía irse. ¿Por qué, entonces, era incapaz de moverse?

Era evidente que Josh no tenía intención de hacerlo. Se quedó muy quieto a su lado, con la cara muy cerca de la de ella.

—Tengo que irme –susurró ella.

—Adiós –dijo él.

Pero Meredith era incapaz de pulsar el botón del ascensor.

Lo primero que la tocó fue su aliento. Después los labios, rozándole la frente, las mejillas. Le acarició el cuello con el dedo, trazando una línea imaginaria por el escote del vestido.

–Tengo que volver.

–Adelante –dijo él.

Josh le enmarcó la cara con las manos. Sus labios la exploraron con delicadeza al principio, y después con una pasión y una fuerza que la dejaron sin aliento.

–¿Qué haces? –murmuró.

–Besarte, Meredith –dijo él, suavemente.

Y la volvió a besar. Esta vez, Meredith le rodeó el cuello con una mano y lo atrajo hacia sí.

–Quédate conmigo esta noche –dijo él, besándole el cuello.

Meredith ya era incapaz de pensar. Su mente estaba paralizada, pero sus pies se movían e iban siguiendo a Josh hacia el dormitorio.

Ella se detuvo al pie de la cama. En silencio, Josh la rodeó y se colocó a su espalda. Lentamente, le desabrochó la cremallera del vestido y dejó que éste se deslizara a sus pies. Meredith quedó cubierta apenas con unas bragas de encaje negro y unos zapatos de tacón de aguja también negros. Josh la apretó de espaldas contra sí y recorrió el cuerpo femenino con las manos, como si quisiera grabarlo en su memoria. Después, metiendo los dedos entre las bragas y su piel, la desnudó por completo y la hizo volverse hacia él.

Él seguía completamente vestido, pero Meredith no se molestó en desnudarlo. Sin dejar de mirarlo a los ojos, le desabrochó la cremallera de los pantalones y lo buscó, envolviendo con los dedos la firme erección.

Con la respiración entrecortada, Josh cerró los ojos y la dejó hacer.

Pero Meredith no estaba satisfecha con sólo tocarlo. Se arrodilló ante él y le acarició con la lengua. Después lo tomó en su boca y lo exploró como él había hecho con ella. Los gemidos de Josh eran mucho más estimulantes de lo que había podido imaginar.

En lo único que pensaba era en darle placer. Las manos de Josh se hundieron en su melena. Ya no eran las suaves y tiernas caricias de antes, sino los dedos apasionados e intensos de un hombre que había sobrepasado los límites de la razón.

Él la necesitaba, tanto como ella a él.

Josh la levantó y la colocó en el borde de la cama, aún de rodillas pero de espaldas a él. Aquello no era la dulzura y ternura que habían compartido en la montaña, sino una pasión salvaje y desinhibida que los desbordaba.

Era como si fueran las dos únicas personas sobre la tierra. Como si ese momento fuera la única razón de su existencia. Nada más importaba. Nada más volvería a importar.

El clímax llegó con un estruendo que los envolvió, y sus cuerpos se estremecieron de placer.

Después, Josh, aún con el esmoquin puesto, abrazó el cuerpo femenino totalmente desnudo y lo apretó contra él, con fuerza, con actitud posesiva. Era como si le estuviera diciendo que era suya.

Ella se sentía como una mujer, un ser femenino y sensual

–¿Puedo tomar esto como un sí? –dijo él, acariciándole las mejillas.

–¿Qué?

–¿Socios?

–Socios –dijo ella, abrazándolo.

Josh sonrió.

–Esto significa que tendremos que vernos mucho más.

–No creo que haya mucho más que ver –dijo ella, señalando su cuerpo desnudo.

Josh rió. Tomó un mechón que se le había soltado del moño y lo colocó detrás de la oreja.

–Estás llena de sorpresas, señorita Cartwright. ¿Tienes hambre?

Meredith se dio cuenta de que no había comido prácticamente nada en todo el día. De repente estaba hambrienta. Asintió.

Josh descolgó el teléfono y llamó al servicio de habitaciones.

–¿Te gusta la langosta? –preguntó.

Ella asintió y se miró en el espejo. Mientras él pedía langosta y champán, ella intentó arreglarse el peinado, pero fue imposible. Tenía el aspecto de lo que era: una mujer que acababa de hacer apasionadamente el amor.

Josh colgó el teléfono y miró el reflejo de Meredith en el espejo. Era la mujer más bella que había visto jamás. Se acercó a ella por detrás y le rodeó la cintura con las manos.

–Tengo una pinta horrible –dijo ella.

–Al contrario –dijo él–. Nunca he visto a una mujer más cautivadora.

Meredith sonrió.

–Háblame de tu vida en Suiza.

–Creo que te gustaría. Tiene partes muy históricas, con calles empedradas y pueblecitos antiguos, pero Zurich es muy cosmopolita.

–¿Es dónde vives?

–Sí. Allí tengo un piso, y una casa de campo en un pueblecito en la montaña.

–Tienes lo mejor de ambos mundos.

–Prefiero él campo. En Zurich vivo en el mismo edificio donde están mis oficinas.

–Has progresado mucho.

Josh la tomó de las dos manos.

–En parte gracias a ti.

–¿A mí?

–Tu fuiste mi inspiración.

–No te entiendo.

–Después de la primera vez en Bear Mountain, cuando te llamaba y no querías responder a mis llamadas, pensé que no querías saber nada de mí. ¿Qué podía ofrecer yo, un playboy sin ninguna meta en la vida, a una mujer con un futuro brillante y prometedor como tú?

–Tú tenías muchas chicas.

–No de las que yo quería. Yo quería a alguien como tú.

Unos golpes en la puerta los interrumpieron. Mientras Meredith se metía en el cuarto de baño a arreglarse, Josh hizo que el camarero les preparara la mesa en el íntimo comedor de la suite. Cuando el camarero se fue, Meredith salió del baño. Josh le apartó la silla y ella se sentó.

–Por nuestra asociación –dijo él–. Uniéndote a mí, has salvado tu empresa.

Una vez más Meredith desvió la mirada.

—Algún día me gustaría conocer Suiza —dijo ella.

—A mí me encantaría enseñártela.

Comieron en silencio. Después, él la tomó de la mano y la sacó a la terraza desde donde se divisaba la silueta de Bear Mountain. Josh le rodeó la cintura con las manos y la apretó contra él. Pensó en lo que Meredith acababa de decir sobre visitar Suiza. Quizá también ella sintiera la conexión entre ellos.

—Ahí es donde pasamos la noche —dijo él, señalando algún punto en las montañas.

Ella giró cntre sus brazos y le rodeó la cintura con las manos.

—Estás helada —dijo él.

Josh miró hacia el jacuzzi de agua caliente que había en la terraza.

—Sé cómo hacerte entrar en calor.

La tomó de la mano y la llevó al borde del jacuzzi, donde el agua bailaba a borbotones. Le desabrochó el vestido. Meredith se quitó los zapatos, se metió en el agua caliente y se sentó en el banco interior del jacuzzi. Sus senos altos y erguidos flotaban por encima del agua.

Josh tragó saliva.

—¿Me acompañas? —lo invitó ella.

Josh se quitó la ropa y los zapatos y se deslizó junto a ella. La rodeó con un brazo y la besó en el hombro.

Meredith se levantó ligeramente para sentarse en el regazo masculino, de cara a él. Le buscó bajo el agua y cuando lo encontró lo llevó al interior de su cuerpo. Entonces ella empezó a moverse arriba y abajo, sin dejar de mirar a los ojos de Josh, mientras el agua cálida y burbujeante los envolvía a los dos.

Era la relación sexual más íntima que Josh había experimentado nunca. Se echó hacia atrás, para poder ver mejor cómo ella se daba placer con él.

Meredith gimió levemente y se paró. Josh supo que estaba conteniendo el clímax que estaba a punto de desbordarla, pero quería darle el mismo placer que ella le había ofrecido a él.

La sujetó de las caderas y la levantó.

–Espera –dijo él–. Aún no. Respira hondo.

Ella cerró los ojos y respiró hondo.

–Así es –dijo él.

Volvió a sentarla sobre él y arqueó la espalda para poder penetrarla más profundamente.

Lentamente, Josh la hizo subir y bajar sobre él, despacio, tomándose su tiempo, disfrutando de cada embestida.

–Por favor –suplicó ella, clavándole las uñas en el brazo–. Por favor, ya.

Josh esperó y después empezó a moverse con fuerza. Cuando ella inició el clímax, apoyó la cabeza en el hombro masculino para acallar los gritos de placer.

Sólo cuando ella hubo casi terminado, Josh se dejó ir por fin.

Capítulo Nueve

Aquella noche hicieron el amor varias veces más y durmieron poco, pero a la mañana siguiente Meredith se despertó relajada y bien descansada.

—¿En qué estás pensando? —le preguntó Josh, inclinándose hacia ella, con el fuerte torso desnudo.

—En ti —dijo ella.

Josh le tomó la mano y la besó.

—Quiero que hoy te quedes conmigo.

—Tengo que ir a trabajar.

En realidad necesitaba saber si Carly había roto definitivamente con Mark, y tenía que decirle a su madre que iba a compartir los derechos de Durasnow con Josh.

Josh cruzó las manos debajo de la cabeza y se recostó en la almohada.

—Deja que se ocupe Carly —sugirió él—. Nosotros tenemos que acabar de hablar de nuestro acuerdo.

Meredith se tensó ligeramente.

—Vamos al cincuenta por ciento, ¿no?

—En eso hemos quedado —Josh sonrió y sacudió la cabeza—. No te fías de mí, ¿eh?

—¿De qué tenemos que hablar?

—Es sólo una excusa, Meredith —rió él.

—Lo siento —dijo ella—. Es sólo que… creo que debemos tener cuidado.

–¿Cuidado?

–Para que nuestro affaire no se complique.

Meredith no se veía capaz de soportar una relación de amor no correspondido. Desde el principio sabía cómo eran las cosas. Esto iba a ser un negocio mezclado con un poco de placer y nada más. Así como había empresarios que jugaban al golf con sus socios, Josh y ella hacían el amor.

–Claro –dijo él, bajando los brazos–. ¿Y pasar un día conmigo te complicará mucho las cosas?

«Porque a mí no me complica absolutamente nada», hubiera podido añadir.

–No –dijo ella–. Sólo quería asegurarme de que lo vemos de la misma manera.

–Es decir, quieres asegurarte de que no me estoy enamorando de ti.

Ella contuvo la respiración. No podía soportar oír de su boca que no se había enamorado de ella, pero sabía que era la verdad.

–Pronto volveré a Europa –dijo él, tratando de ocultar sus verdaderos sentimientos–. Me gustaría pasar contigo el mayor tiempo posible.

A Meredith se le cayó el alma a los pies. No sería fácil decirle adiós.

–Está bien –dijo.

–¿Está bien qué? –Josh la abrazó de nuevo contra su cuerpo.

–Hoy soy toda tuya.

Él la besó de nuevo.

–Pero primero tengo que pasar por casa a cambiarme de ropa.

–Pediré que te manden algo de la boutique del hotel.

–Veo que tienes experiencia en este tipo de situaciones.

Josh la besó una vez más.

–Ninguna experiencia me ha preparado para alguien como tú.

–Tengo que llamar a mi oficina –dijo ella–. Después soy toda tuya.

–De acuerdo –dijo él–, pero no les digas aún nada de nuestro trato.

Meredith lo miró con desconfianza.

–¿Por qué no?

–Porque creo que primero debemos hablar con los Duran. Ahora somos nosotros quienes tenemos la sartén por el mango.

¿Y si era otra trampa para hacer una nueva oferta en solitario que ella no pudiera contrarrestar?

Como si le leyera el pensamiento, Josh se puso en pie y cogió su teléfono móvil.

–Confía en mí –le dijo–. Mira, he desconectado el teléfono. Olvidemos el trabajo y pasemos el día juntos.

Josh sacó el móvil de Meredith de su bolso y se lo dio.

–¿Qué me dices?

–Está bien, pero tengo que llamar a mi hermana para decirle que estoy bien.

Que estaba mejor que bien, que estaba maravillosamente bien. Como nunca, la verdad.

Pero Carly no respondió a la llamada y Meredith decidió que era mejor dejarle un mensaje a arriesgarse a llamar a su casa y que fuera su madre quien descolgara el teléfono. Cuando terminó, desconectó el móvil.

ómo te sientes? –preguntó él.

snuda.

–Estás desnuda –dijo él–. Tendré que pensar en algo creativo para distraerte –añadió quitándole el teléfono de la mano y dejándolo en la mesita. Después se inclinó sobre ella y la besó en el cuello–. La primera hora es siempre la más difícil.

–Sabía que podía contar contigo –dijo ella.

Josh puso el intermitente y giró a la derecha. Meredith lo miró desde el asiento del copiloto y sonrió.

–Creo que sé donde vamos. Te interesa el Hotel Argel, ¿verdad?

En los años sesenta y setenta, el Hotel Argel había sido uno de los principales del mundo, pero con los ochenta llegó la decadencia y en los noventa lo cerraron. Tras ser utilizado brevemente como residencia de ancianos, ahora llevaba cinco años cerrado.

–¿Te interesa? –preguntó ella.

Josh había acariciado la idea de comprarlo en alguna ocasión pero llevaba muchos años cerrado y la inversión para remodelarlo era multimillonaria. Además, su empresa estaba en Europa y no tenía intención de expandir sus operaciones a Estados Unidos.

–Quizá. Es donde trabajaba mi tía. Yo mismo trabajé allí de botones de niño. Lo detestaba.

–Dime, ¿estás pensando en invertir en este país?

A Josh le pareció oír cierta falta de entusiasmo en la voz femenina. ¿Por qué le extrañaba? Ella le había dejado muy claro lo que esperaba de su relación. Se encogió de hombros.

–¿Quién sabe?

Meredith casi saltó de alegría por dentro. Josh estaba pensando en comprar el Argel, lo que significaba más oportunidades para estar con él. Quizá su relación pudiera ser algo más que una o dos noches compartidas sin más.

«No», se recordó Meredith. Josh no era de los que se conformaban con una sola mujer. Él lo sabía, y ella también.

–Yo también pensé en comprarlo en una ocasión –dijo ella, cuando Josh aparcó en el aparcamiento vacío del hotel.

–Lo sé.

Ella lo miró extrañada.

–Sé muchas cosas de ti –añadió él–. Llevo años siguiendo tu carrera profesional.

La sujetó de la mano y la llevó a la parte de atrás. Entraron por un porche acristalado.

–Mi tía solía trabajar aquí de camarera en verano –dijo él, recordando el pasado–. A veces yo me colaba por las noches y me sentaba en los grandes sillones tapizados que había junto a la chimenea. Entonces pensaba cómo sería ser rico. Y me decía que algún día el hotel sería mío. ¿Y tú? ¿Cuál era tu sueño de niña?

–Tenía un par –confesó ella.

–Como no. No creo que te hubieras contentado sólo con uno –bromeó él.

–Uno era ser la dueña de mi propio destino y no tener que rendir cuentas a nadie.

–¿Y el otro?

–Supongo que el que sueñan todas las niñas, un cuento de hadas con príncipe azul y final feliz.

–Sin embargo, evitas el amor.

Meredith dio un paso atrás.

–Yo no diría exactamente eso. Quizá no he encontrado a la persona adecuada –dijo, y lo miró de reojo–. Además, mira quien fue a hablar.

–¿Crees que yo evito el amor? –preguntó él.

–¿No es así?

Josh le puso la mano en el hombro.

–Quizá yo también esté esperando.

Le acarició la mejilla, y tras una pausa sonrió y la tomó de la mano.

–Ven, te enseñaré el ático.

Como el resto del hotel, las habitaciones del ático estaban vacías de muebles y cubiertas de años de polvo, aunque seguían manteniendo el aura de esplendor del pasado.

–Creo que debes comprarlo –dijo ella sonriendo.

–Eso significaría frecuentes viajes desde Europa para supervisar la remodelación –dijo él–, y no quisiera interferir en tu estilo de vida, Princesa –añadió, sujetándole la mano.

–No creo que cenar sola en mi despacho se pueda calificar de estilo de vida –respondió ella–. Y no me llames Princesa–. Meredith retiró la mano–. Como ya te he dicho, no soy ninguna princesa, y esto no es un cuento de hadas.

–¿Cómo lo sabes?

–Josh, sé cómo funcionan estas cosas. Si yo muestro desinterés, tú estás como loco por mí.

Pero en cuanto yo empiece a mostrar otro tipo de sentimientos, tú sales disparado.

Josh era consciente de que así era como se había comportado él en el pasado, pero ahora las cosas habían cambiado mucho. Además, Meredith era diferente.

—Quizá se deba a que no he encontrado a nadie como tú.

—No hace falta que digas eso. No te preocupes, Josh. No te voy a exigir nada. Puedes seguir siendo un donjuán.

En ese momento Josh se tensó visiblemente.

—¿Eso es lo que opinas de mí?

Meredith se arrepintió inmediatamente de haberlo insultado y quiso poder retirar las palabras.

—Lo siento —dijo—. No debía haber dicho eso.

Pero el daño ya estaba hecho.

—¿Por qué no me lo preguntas directamente, Meredith?

—¿El qué?

—Si me voy a acostar con otra mujer en cuanto te dé la espalda.

—No tengo que preguntarlo —respondió ella—. Te conozco.

—Me conocías. Me conocías hace diez años, cuando era un crío. Cierto que tuve relaciones con muchas mujeres, pero he cambiado y ahora lo que más me gustaría es encontrar una mujer con quien sentar la cabeza.

—Te aburrirías.

—Al contrario, creo que sería muy emocionante. ¿Cambia eso tu opinión sobre mí?

Meredith se encogió de hombros.

—Lo creas o no, es la verdad —dijo él—. Pero no

puedo precipitarlo. Cuando sea el momento lo sabré.

Ahora la ofendida fue ella. ¿Qué quería decir? ¿Qué ella no era la mujer que esperaba? ¿Qué aún no era el momento?

¿Y qué más le daba? ¿Por qué tenía que importarle?

Porque ella quería ser la mujer que cautivara para siempre el corazón de Josh Adams.

–¿Y tú? –preguntó él–. ¿Te gustaría casarte algún día?

–¿Me lo estás proponiendo? –bromeó ella.

Pero se arrepintió de la broma en el mismo momento en que las palabras salieron de su boca. Sin embargo, la reacción de Josh no fue en absoluto la que hubiera imaginado, salir corriendo y no volver a verla nunca más, porque él le tomó una mano y le dijo:

–No quiero asustarte y que salgas huyendo.

Meredith tragó saliva.

–Escucha –prosiguió él–. Nunca he sentido por nadie lo que siento por ti –le volvió a besar la mano–. Eres muy importante para mí, Meredith. De hecho, estoy empezando a pensar que quizá tú seas la mujer… que he estado esperando.

A Meredith le latía el corazón con tal fuerza que estaba segura de que Josh tenía que oírlo tanto como ella.

–Bésame, Josh.

En un segundo tenía la cazadora abierta y las manos de Josh estaban acariciándole el pecho. Eso era lo importante, se dijo ella. Lo físico. No podía permitirse el lujo de pensar en un futuro con él que nunca iba a llegar. Lo que importaba era el momento.

Josh le acarició el pezón. Eso sí que era real.

Meredith se tendió en el suelo y lo atrajo también a él. Necesitaba sentirlo dentro de su cuerpo, saber que estaba a su lado. Él era todo lo que necesitaba y ella estaba dispuesta a entregarle todo lo que era y mucho más.

De vuelta al hotel de Josh, Meredith se preguntó si su vida volvería a ser lo mismo. Ahora que sabía lo que era tener a Josh, ¿podría ser feliz sin él? Pero no podía pensar ahora en eso, tenía que disfrutar del presente, se dijo. Tenía que ser más como su hermana.

—¿En qué piensas? —preguntó Josh.

—En mi hermana.

—Supongo que Mark ya ha vuelto, ¿no?

—Sí.

—No te preocupes. Ya es mayorcita. Sabe cuidarse solita.

Meredith quería contarle a Josh la verdad sobre Carly y Mark, pero no pudo. Aunque podía explicarle por qué le había mentido para conseguir el trato con él, no estaba segura de que él se mostrara tan comprensivo como a ella le gustaría y la perdonara. Y las repercusiones para Cartwright Enterprises serían desastrosas.

—¿Te preocupa algo? —insistió él al verla tan pensativa.

—Tengo que volver.

—Hemos hecho un trato. Veinticuatro horas sin pensar para nada en el trabajo.

¿Qué tenía de malo pasar otra noche con él?, se dijo ella para sus adentros. Al día siguiente firmarían el contrato con los Duran y él regresaría a Europa. Después llegaría lo inevitable, su vida volvería a la normalidad y a la rutina de siempre. Lo que significaba que debía aprovechar y disfrutar de cada segundo.

–Está bien –dijo ella–. Una noche más.

Atravesaron el vestíbulo del hotel hasta los ascensores de la mano. En el ascensor, Meredith se apoyó en él, y no pudo evitar pensar cómo sería formar una pareja de verdad. No un affaire de unos días, sino una pareja con alguien que no fuera a desaparecer de su vida al terminar la semana. Alguien dispuesto a ofrecer fidelidad y lealtad. Alguien que la amara de verdad.

–¿Por qué estás tan callada?

–Er… –Meredith titubeó, sin saber qué responder–. No sé, me resulta extraño no ir a casa. Al menos para cambiarme de ropa.

–Tranquila –dijo él–, lo tengo todo bien planificado.

Capítulo Diez

Mientras Meredith se bañaba, Josh terminó con los preparativos para la cena y encargó un vestido para ella en la boutique del hotel. Cuando ella salió del baño, el vestido la estaba esperando.

–¿Dónde está lo que falta? –dijo ella, sujetando el provocativo vestido negro de tirantes.

–Pruébatelo –dijo él

Ella se dirigió al baño para probárselo, pero él sujetó un extremo de la toalla.

–Pruébatelo aquí –dijo suavemente.

Le quitó la toalla y Meredith quedó totalmente desnuda ante él. Con gestos lentos y delicados, Josh fue secándole los brazos y los hombros. Después se detuvo y permaneció un rato admirándola en silencio.

Meredith contuvo la respiración, y esperó a sentir de nuevo el contacto de sus manos. Josh vio el deseo en sus ojos. Los senos mojados brillaban como el satén, y los pezones estaban duros y erectos, como suplicando una caricia.

Sólo él la había acariciado tan íntimamente. Sólo con él había saboreado el placer sensual.

Josh la rodeó con la toalla por la espalda y la atrajo bruscamente hacia él. Cubrió la boca femenina con la suya y la besó apasionadamente. Meredith era suya y sólo suya.

Meredith ya le había desabrochado el pantalón y le buscaba a la vez que frotaba su cuerpo desnudo contra él. Ella lo encontró y lo acarició. Josh sintió que la necesitaba en aquel mismo momento, necesitaba estar dentro de ella, estar unido a ella. La levantó en el aire, sentándola en el borde de la cómoda, y la penetró.

Era como un hombre poseído. Le besó los labios, el pelo, las mejillas. Sólo se permitió alcanzar el clímax cuando notó cómo Meredith se estremecía de placer una y otra vez. Permaneció quieto unos momentos, sin querer separarse. Por fin, la besó en el hombro y la apartó ligeramente.

Meredith jadeaba, pero no lo miró a los ojos.

—¿Meredith? —preguntó él—. ¿Estás bien?

Cuando por fin ella lo miró, vio que tenía los ojos empañados de lágrimas.

—Estoy bien —susurró ella.

Josh la llevó a una de las terrazas del hotel que había sido transformada en un auténtico Edén. En el interior de una estructura acristalada había un elegante cenador rodeado de exóticas plantas tropicales que florecían a pesar de la nieve en el exterior. La cena los esperaba junto a una botella de champán.

Josh sirvió dos copas y alzó la suya

—Por el futuro —dijo—. Nuestro futuro.

—Me mimas demasiado —dijo Meredith—, y no sé si podré pasar sin esto cuando te vayas.

Josh quedó en silencio. No quería pensar en su ida, sino en la cautivadora mujer que tenía delante. Quería preguntarle sobre las lágrimas que había derramado después de hacer el amor, pero no quiso arriesgarse a que se encerrara de nuevo en su caparazón protector y lo dejara a él fuera.

–Vente conmigo, Meredith –dijo él, casi sin poder creer lo que estaba diciendo.

Pero llevaba todo el día pensando en ello. Ella había conseguido el producto, había salvado a su empresa y se merecía unas vacaciones. Aunque la verdadera razón era más personal. No quería volver a Europa sin ella.

–Quiero que vengas a Europa conmigo –continuó–. Quiero enseñarte mi vida. No, quiero compartir mi vida contigo.

–¿Qué estás diciendo?

«Díselo. Dile lo que sientes. Dile lo que sabes desde que hiciste el amor con ella en Bear Mountain».

–Estoy enamorado de ti –dijo él.

Meredith sacudió la cabeza.

–Esto es sólo una distracción para ti, tú tienes muchas mujeres…

–No –dijo él con vehemencia–. Lo que siento por ti es diferente. Estoy solo desde hace mucho tiempo, y ahora sé por qué. Estaba esperando, Meredith. Te estaba esperando a ti.

Meredith sintió que su mundo se desplomaba a su alrededor. No podía creer lo que estaba oyendo. Siempre había pensado que el interés de Josh por ella era únicamente sexual.

–Josh, no he sido sincera contigo.

–¿Qué quieres decir?

«Díselo. Díselo y termina de una vez».

–Anoche... fui a verte porque sabía que Carly iba a romper el compromiso con Mark. Sabía que tenía que llegar a un acuerdo contigo antes de que lo supieras porque...

–Después ya no habría motivo para compartir los derechos de Durasnow –concluyó él, con la mirada vacía y una expresión sombría en el rostro.

–Lo siento –acertó a admitir ella–. Sabía que no podía ganarte. Y mi único punto a favor con los Duran era Carly.

–Ya veo –dijo él, en un tono que helaba la sangre–. E hiciste lo que fuera necesario para asegurarte los derechos.

Meredith apartó la mirada.

–No era mi intención que las cosas fueran así.

–¿No? –Josh tiró la servilleta sobre la mesa y se puso en pie–. Es la segunda vez que te oigo la misma excusa.

Meredith no podía mirarlo. El sonido de su voz bastaba para partirle el corazón.

–Lo siento –murmuró.

Josh se volvió para mirarla y dijo:

–Ni la mitad de lo que lo siento yo.

Capítulo Once

–Entonces supongo que este año estaréis las dos en casa para Navidad –preguntó Viera a Meredith a la mañana siguiente.

Las tres mujeres Cartwright estaban sentadas en la mcsa del comedor. Ninguna de las hermanas tenía cara de haber dormido bien. Meredith había llegado a casa la noche anterior tras terminar bruscamente su cita con Josh, y deseando poder meterse en su habitación sin ver a nadie, pero su madre salió llorando a su encuentro para decirle lo que ya sabía: que Carly había roto el compromiso con Mark.

–Supongo que sí –respondió Meredith a la pregunta de su madre.

–En ese caso, tendré que cambiar mis planes. No os puedo dejar a las dos aquí solas –continuó Viera.

–Mamá, ya somos mayorcitas para quedarnos solas.

–Permíteme que discrepe –dijo Viera–. Mirad en qué situación estáis las dos.

A Meredith no necesitaba recordárselo. Cuando se supiera que había perdido Durasnow, las acciones de la compañía se hundirían y a ella la despedirían. El impacto en la vida familiar sería tremendo. Tendrían que vender la casa y recortar seriamente los gastos.

Cuando Viera salió del comedor, Meredith miró a su hermana.

–Tenías que haber visto la cara de tristeza de Mark cuando le dije que cancelaba la boda –dijo Carly, cubriéndose la frente con la mano.

–Hiciste bien –dijo Meredith–. No puedes casarte con un hombre a quien no amas.

–Eso es lo curioso –dijo Carly–. Que creo que lo amo.

–¿Qué?

–Ahora que ya no tengo la presión de casarme con él, creo que lo amo de verdad. ¿Y tú? –le preguntó– ¿Cómo te sientes ahora que lo de Josh se acabó?

–¿El qué? Mi relación con Josh era estrictamente profesional –le aseguró Meredith–. Me habría gustado trabajar con él, pero no se puede tener todo. Y ahora si me disculpas –añadió levantándose– tengo que irme a trabajar.

Josh no podía dormir, tendido en la misma cama donde había hecho el amor con Meredith tan sólo unas horas antes. ¿Cómo había estado tan ciego? Había creído que Meredith lo amaba, que merecía la pena luchar por lo que había surgido entre ellos. Pero Meredith sólo lo había utilizado.

Y él se lo había permitido.

Se levantó y empezó a pasearse nervioso por la habitación del hotel. A lo lejos se distinguía la silueta de Bear Mountain, donde habían hecho el amor por primera vez.

Y entonces recordó las lágrimas de Meredith la última vez que hicieron el amor y se dio cuenta de que Meredith estaba atrapada en su propio castillo de hielo. Una parte de ella seguía viva, luchando por salir. Luchando por amar.

¿Podía ayudarla? ¿Debía hacerlo?

Aunque su relación sólo había durado un par de noches, apenas tiempo para formar una relación seria y profunda, ninguna mujer le había hecho sentirse tan vivo como Meredith. Por primera vez en su vida había conocido a alguien con quien podía pensar en pasar el resto de su vida. Alguien a quien amar.

Y ése era el problema. Que la amaba.

No tenía elección. Meredith quería Durasnow, y él iba a conseguirlo para ella.

Al día siguiente, cuando Meredith llegó a su despacho en Denver, la recibió un silencio sepulcral. Cartwright había recibido un mazazo del que difícilmente se podría recuperar. Había perdido Durasnow. Había oído que Josh había comprado los derechos aquella mañana. Quizá Cartwright Enterprises no tenía que declarar suspensión de pagos, pero sí habría una reorganización de la empresa.

La puerta del despacho se abrió y Viera y Carly entraron sin llamar.

–¿Qué hacéis las dos aquí? –preguntó Meredith levantándose–. Os imaginaba en Aspen.

–Tu hermana tiene que darte una noticia –dijo Viera.

–Me he casado –dijo Carly.

–¿Qué? –Meredith se desplomó en su sillón.

–Mark y yo nos hemos casado hoy. Hace menos de una hora.

–Pero… pero…

–Lo siento, Meredith. Por mi culpa has perdido Durasnow y lo he estropeado todo.

–No, no –dijo Meredith. La cabeza le daba vueltas–. Es que… no entiendo…

–Ahora que ya no tenía ninguna obligación de casarme con Mark, me he dado cuenta de lo mucho que lo quiero.

–Y ahora –dijo Viera–, nosotras tenemos una boda sin novios. Qué vergüenza.

–Tranquila, mamá –le dijo Meredith, y se acercó a abrazar a su hermana–. Me alegro mucho por ti.

–¿Y tú?

Meredith volvió a sentarse en su mesa y empezó a repasar un montón de papeles.

–Estoy preparando mi dimisión.

–Oh, Meredith –dijo Carly.

–Es la única manera. Aposté por una estrategia y he perdido.

–Pero tú eres lo mejor que le ha pasado jamás a esta empresa –exclamó Viera.

–Mucho me temo que el consejo de administración no compartirá tu opinión.

–A lo mejor si llamas a Josh y hablas con él –dijo Carly–, puedes convencerlo para compartir los derechos. Si alguien puede convencerlo, eres tú.

–No –dijo Meredith–. Tal y como están las cosas, yo soy la única persona que no podría persuadirlo de nada.

En ese momento su ayudante entró y dejó un paquete sobre la mesa.

—Esto acaba de llegar.

Meredith abrió el paquete. Dentro había una bola de nieve sintética, y junto a ella una nota. Mientras la leía sintió que le flaqueaban las rodillas.

—¿Qué pasa? —exclamó Carly.

—Es de Josh —dijo Meredith por fin—. Me ha traspasado los derechos.

Meredith leyó la nota una vez más, como si pudiera encontrar algún significado oculto y misterioso. Pero la nota era muy directa.

Te entrego Durasnow. Enhorabuena, Meredith. Tenías razón. Tú siempre ganas.

Josh.

Meredith se sentó. Carly y su madre se abrazaron.

—Es maravilloso —dijo Carly—. Ahora no tienes que dimitir.

Pero Meredith se sentía fatal. Tenía los derechos, pero de repente eso ya no importaba. Lo que importaba era que había perdido a Josh.

—No me lo merezco —dijo.

—¿Qué importa cómo…? —empezó Viera.

—A mí me importa. Y me importa lo que piense Josh.

—¡Lo quieres! —exclamó Carly—. Ve tras él. Tengo su dirección en Suiza. Aunque se haya ido ya de Denver, no te lleva mucha ventaja.

Meredith no necesitó más persuasión. Con un

rápido beso de despedida a su madre y su hermana, salió del despacho y se fue.

–Me parece que aún no voy a cancelar la boda –dijo Viera mirando a su hija Carly.

Capítulo Doce

Josh llegó al aeropuerto de Zurich con varias horas de retraso. Tras recoger el equipaje, salió a buscar un taxi.

Mientras el taxi avanzaba por las calles estrechas y empedradas de la ciudad, empezó a nevar. La escena ante él parecía sacada de un cuento de hadas: los edificios antiguos que se alineaban a ambos lados de las calles empedradas, las luces de Navidad en las ventanas y escaparates, el humo que salía por las chimeneas. Josh podía imaginarse a las familias en sus casas, los niños jugando junto al árbol de Navidad, los padres disfrutando del calor familiar.

Cómo había deseado tener a Meredith allí con él. Cómo hubiera querido enseñarle el país, y hacerla formar parte de su vida.

El taxi se detuvo delante de su casa. Pagó al taxista y bajó las maletas. Al llegar a la puerta y meter la llave en la cerradura, se detuvo.

La vio de soslayo, saliendo de entre las sombras, como un fantasma o un producto de su imaginación.

Meredith.

–¿Qué haces aquí? –preguntó él, atónito.

–¿Por qué lo has hecho, Josh? –preguntó ella–. ¿Por qué me has dado Durasnow?

Meredith no hablaba como una mujer de negocios que había ganado un trato. Al contrario, parecía vencida, frágil. El cambio era alarmante.

–Porque sabía lo importante que era para ti –respondió él–. Sé lo mucho que has trabajado por sacar la empresa adelante.

–Gracias –dijo ella–. Eres muy generoso, pero no puedo aceptar un regalo multimillonario.

–Los dos sabemos que Cartwright no sobrevivirá sin él.

Meredith se estremeció, y Josh suavizó el tono.

–No quería imaginar el efecto que podía tener en ti perder la empresa. No podía permitirlo.

–Me has dejado ganar, pero eso ya no importa –dijo ella, con los ojos llenos de lágrimas–. La otra noche debí confesarte mis sentimientos, en vez de portarme como una estúpida. Te quiero. Siempre te he querido. Mi familia lo sabía, y por eso se inventaron lo de que tenía que distraerte de Carly. Cuando el helicóptero nos dejó en la montaña me di cuenta de que no podía escapar de mis sentimientos, y me enfrasqué en el trabajo para no tener que enfrentarme a ellos. Si estaba tan ansiosa por salir de allí era porque te temía. Porque temía mis sentimientos hacia ti.

–¿Y qué sentías? –preguntó él.

–Amor –dijo ella en un susurro–. Me quedé contigo no por el trato sino porque quería estar contigo. No sólo te mentí a ti; también me mentí a mí misma.

Era tal el silencio que los rodeaba que casi se podía oír el sonido de los copos de nieve al caer.

–¿De qué tenías miedo?

–De que me hicieras daño. Pero no estar contigo es mucho peor que lo que pueda pasar por estar.

Josh no podía soportar verla así. Le tomó la mano.

—No voy a hacerte daño.

—No te estoy pidiendo que me prometas nada que no puedas cumplir.

—No lo entiendes —dijo él, alzándole la barbilla para mirarla a los ojos–. Esto no tiene nada que ver con promesas. Esto es lo que quiero, y te quiero a ti.

La besó tierna e íntimamente, abrasándola con sus labios. No le importaba qué hacía falta ni cuanto tiempo necesitaba. Él le demostraría que la amaba.

—Cásate conmigo, Princesa.

—Oh, Josh —murmuró ella, mientras los labios de él recorrían su cuello.

Meredith le sujetó la cara con las manos y dijo las palabras que él anhelaba oír:

—Te quiero —susurró, y después se fundió en un largo beso con él.

Poco antes de Navidad, unas trescientas personas se arremolinaban en el salón Rosewood en Aspen para presenciar el matrimonio entre el playboy más famoso de la ciudad y una de las mujeres más influyentes del país.

Desde que Carly anunciara su boda secreta con Mark y Meredith su compromiso matrimonial, en Aspen se habían disparado los rumores. A todo el mundo le sorprendió que aunque la boda de la hija de los Cartwright se mantenía tal y como estaba planeada, los novios no eran los mismos que los que se mencionaban en la invitación. Unos aseguraban que Meredith decidió casarse cuando el Rosewood se negó a devolverles el depósito de la boda de su hermana; otros decían que la precipitación de la boda se debía al embarazo de la novia.

Pero cuando Meredith apareció enfundada en un ceñido traje de novia blanco salpicado de piedras preciosas, los rumores quedaron silenciados. Todo el mundo concurrió en que nunca habían visto una novia tan radiante ni tan hermosa. Y la mirada que brillaba en sus ojos cuando recorrió el pasillo en dirección al altar donde la esperaba el novio tampoco dejaba lugar a dudas. Aquella boda no estaba motivada por un hijo ni por simple tacañería. Era claramente una boda por amor.

Meredith estaba tan nerviosa que no advirtió el revuelo que se iba formando a su paso. Sólo podía pensar en Josh y en su futuro juntos. Josh y ella estaban hechos el uno para el otro. Sus corazones estaban unidos por el amor, y la boda era una mera celebración de la pasión que sentían el uno por el otro.

Hicieron sus votos matrimoniales de pie, y cuando Josh le prometió amor eterno, ella sintió que el corazón le iba a estallar de felicidad. Sus miradas se cruzaron y Josh le retiró el velo de la cara. En un gesto espontáneo que pasó a ser uno de los cotilleos favoritos en la ciudad durante años, él la besó apasionadamente, sin esperar al permiso del reverendo.

Después de la boda los invitados se sentaron en las mesas cubiertas de manteles de satén a disfrutar de un banquete de langosta y champán. Meredith, colgada del brazo de Josh, pasó de mesa en mesa saludando a los invitados. Cuando vio a Carly hablando de negocios por teléfono en mitad de su boda, no pudo evitar una sonrisa. No hacía mucho, ésa era ella, pensó.

En las semanas anteriores a la boda, las dos hermanas intercambiaron sus papeles, y mientras Meredith se ocupaba de los preparativos del enlace, Carly se puso al timón de Cartwright Enterprises, transformándose rápidamente en una activa mujer de negocios.

Josh besó a su recién estrenada esposa en el hombro.

–¿En qué estás pensando, Princesa?

–En Carly. Apenas le han dejado un minuto libre para disfrutar de la boda –respondió ella.

–Si lo echas de menos, siempre puedes volver a trabajar a Cartwright –dijo él.

–Ni hablar.

Después de pasar la luna de miel en Europa, Josh y ella iban a iniciar juntos una nueva aventura empresarial. Su primer proyecto: el Hotel Argel. Pensaban remodelar todo el último piso y utilizarlo como vivienda particular.

–Ahora le toca a Carly –dijo. Le apretó la mano y añadió–: Yo estoy preparada para una nueva aventura.

–Entonces sígueme.

Sin soltarse de la mano, los recién casados se abrieron camino entre los invitados que les deseaban toda suerte de parabienes y salieron afuera. Allí Josh se quitó la chaqueta y se la puso a Meredith sobre los hombros.

–Tengo un regalo para ti –susurró él, sacando una caja del bolsillo de la chaqueta.

Meredith quitó el envoltorio. Dentro había una diminuta corona de diamantes colgando de un collar de platino.

–Una corona para una princesa –dijo él, poniéndole el collar.

Princesa. Así era exactamente como él la hacía sentirse, como una princesa.

Josh le rodeó la cintura con un brazo y la giró hacia él. Meredith se colgó de su cuello y lo besó con un beso que demostraba que la princesa de hielo se había derretido por fin. Y que lo único que había necesitado era su amor.

Acepte 2 de nuestras mejores novelas de amor GRATIS

¡Y reciba un regalo sorpresa!

Oferta especial de tiempo limitado

Rellene el cupón y envíelo a
Harlequin Reader Service®
3010 Walden Ave.
P.O. Box 1867
Buffalo, N.Y. 14240-1867

¡Sí! Por favor, envíenme 2 novelas de amor de Harlequin (1 Bianca® y 1 Deseo®) gratis, más el regalo sorpresa. Luego remítanme 4 novelas nuevas todos los meses, las cuales recibiré mucho antes de que aparezcan en librerías, y factúrenme al bajo precio de $3,24 cada una, más $0,25 por envío e impuesto de ventas, si corresponde*. Este es el precio total, y es un ahorro de casi el 20% sobre el precio de portada. ¡Una oferta excelente! Entiendo que el hecho de aceptar estos libros y el regalo no me obliga en forma alguna a la compra de libros adicionales. Y también que puedo devolver cualquier envío y cancelar en cualquier momento. Aún si decido no comprar ningún otro libro de Harlequin, los 2 libros gratis y el regalo sorpresa son míos para siempre.

416 LBN DU7N

Nombre y apellido	(Por favor, letra de molde)

Dirección	Apartamento No.

Ciudad	Estado	Zona postal

Esta oferta se limita a un pedido por hogar y no está disponible para los subscriptores actuales de Deseo® y Bianca®.
*Los términos y precios quedan sujetos a cambios sin aviso previo.
Impuestos de ventas aplican en N.Y.

SPN-03   ©2003 Harlequin Enterprises Limited

Deseo®...
Donde Vive la Pasión
¡Los títulos de Harlequin Deseo® te harán vibrar!

¡Pídelos ya! Y recibe un descuento especial
por la orden de dos o más títulos

HD#35327	UN PEQUEÑO SECRETO	$3.50	☐
HD#35329	CUESTIÓN DE SUERTE	$3.50	☐
HD#35331	AMAR A ESCONDIDAS	$3.50	☐
HD#35334	CUATRO HOMBRES Y UNA DAMA	$3.50	☐
HD#35336	UN PLAN PERFECTO	$3.50	☐

(cantidades disponibles limitadas en algunos títulos)

CANTIDAD TOTAL $ _____

DESCUENTO: 10% PARA 2 Ó MÁS TÍTULOS $ _____

GASTOS DE CORREOS Y MANIPULACIÓN $ _____

(1$ por 1 libro, 50 centavos por cada libro adicional)

IMPUESTOS* $ _____

TOTAL A PAGAR $ _____

(Cheque o money order—rogamos no enviar dinero en efectivo)

Para hacer el pedido, rellene y envíe este impreso con su nombre, dirección
y zip code junto con un cheque o money order por el importe total arriba
mencionado, a nombre de Harlequin Deseo, 3010 Walden Avenue, P.O. Box
9077, Buffalo, NY 14269-9047.

Nombre: _____

Dirección: _____ Ciudad: _____

Estado: _____ Zip Code: _____

Nº de cuenta (si fuera necesario):_____

*Los residentes en Nueva York deben añadir los impuestos locales.

Harlequin Deseo®

CBDES3

Deseo®

Encuentro en la noche

Eileen Wilks

Quizá Seely Jones fuera capaz de ver
el aura de la gente, pero cuando lo
rescató de aquel terrible accidente, lo
único que Ben McClain pudo ver fue a
una misteriosa mujer de piernas inter-
minables y mirada profunda. Y cuando ella accedió a mudarse a su casa
para convertirse en su enfermera, Ben
empezó a preguntarse si podría resis-
tir la dulce tortura de tenerla a su lado
día y noche...

**Ella tenía muchos secretos y talentos ocultos... pero a
su lado se convirtió en otra mujer**

Bianca®

Una noche con su marido podría cambiarlo todo...

Marsha Kane no esperaba volver a ver a su futuro ex marido. De hecho no lo había visto desde que lo abandonó al enterarse de que estaba teniendo una aventura. Ahora tendría que luchar para no volver a enamorarse de él, ya que la había engañado... ¿o no?

Taylor había decidido demostrarle a Marsha que quería que volviera con él, y él siempre conseguía lo que quería. Se convertiría en su apasionado marido y la seduciría de tal modo que ella no podría hacer nada para resistirse...

Falsa infidelidad

Helen Brooks